Georg Christoph Lichtenberg
Aphorismen

Georg Christoph Lichtenberg

Aphorismen

Ausgewählt und mit einem Nachwort
versehen von Rainer Baasner

ANACONDA

Die Deutsche Bibliothek verzeichnet diese Publikation in der Deutschen Nationalbibliographie; detaillierte bibliographische Daten sind im Internet unter http://dnb.ddb.de abrufbar.

Umschlagmotiv: »Stilleben mit braunem Krug«, 1920,
Gino Severini, © akg-images, Berlin
Umschlaggestaltung: agilmedien, Köln
Satz und Layout: GEM mbH, Ratingen
Printed in Czech Republic 2005
ISBN 3-938484-53-5
info@anaconda-verlag.de

Vorrede

Dieses Buch dessen Verfasser ich selbst bin habe ich aus kleinen Betrachtungen zusammengesetzt, die größtenteils an Orten gemacht worden sind, wo sie sonst selten gemacht werden. Ich habe sie ohne Neid gegen irgend eine lebendige Seele aufgesetzt, wenn ich mich hier oder da über jemanden aufhalte, so kann sich der Leser nur zufrieden geben, ich bin es selbst und es dient ihm zur Nachricht daß ich mich schon längst wieder mit mir abgefunden habe. Ich kann mich nicht besinnen, daß ich jemanden nachgeahmt hätte. Nicht Kästnern, nicht Wielanden, nicht Sternen, Shakespearn auch nicht, die einzigen Schriftsteller, die ich einmal beneiden will wenn sich mein Temperament zu meinem Schaden ändert und die ich nachahmen werde wenn meine Talente zu meinem Vorteil umschlagen.

I.

Ich habe mir so oft gewünscht, daß ich ein Fleckgen finden könnte, wo ich sicher vor dem Schwanken der Mode, der Gewohnheit und aller Vorurteile einmal die eigene Bewegung dieses verwickelten Systems beobachten könnte. Nur einmal von Michaelis bis Ostern, und denn wollte ich es wagen einen Versuch über den Menschen zu schreiben. Aber leider sind die Beobachter des Menschen übel daran, und sie hätten ein weit größeres Recht sich über den Mangel eines genugsam festen Standorts zu beklagen, als alle seefahrende Astronomen und Sterngucker dieser Welt zusammengenommen. Wo wir jetzo sind das weiß unser guter Genius, wir wissen es nicht. Muß nicht eine Veränderung mit uns vorgegangen sein, die wir Schriftsteller z. E. mit klaren Augen sehen, daß gut Schreiben so schwer, und schlecht zu schreiben so über alle Maßen leicht ist, ja daß natürlich Schreiben eine Kunst ist, sollte man kaum glauben wenn [man] nicht selbst in dieser Welt lebte, wo alles dieses täglich und noch viel drüber geschieht. Unsere Philosophen müssen das Costume des natürlichen Menschen studieren, um Bücher für den natürlichen Menschen zu schreiben, eben als wenn dieser natürliche Mensch um 180 Grad eines größten Kreises von ihnen entfernt läge. Der artifizielle Mensch, von dem ich fast fürchte, daß er mit dem alten Adam besser steht als unsere Anatomen des menschlichen Herzens sich vielleicht einbilden, hat sich in uns solche Freiheiten über den natürlichen herausgenommen, daß ich fürchte es werde endlich keine Sprache mehr geben, die gradezu jener hört; eine oratorische Figur tut es nicht. Riefe ich laut aus und hätten meine Worte den Klang der Posaune des letzten Tags: *höre, du bist ein Mensch, so gut als Newton, oder der Amtmann oder der Superintendent, deine Empfindungen, treulich und so gut als du kannst in Worte gebracht, gelten auch im Rat der Menschen über Irrtum und Wahrheit. Habe Mut zu denken, nehme Besitz von deiner Stelle!* Wenn ich so schreie, so hören mich tausend Ohren, allein unter diesen tausenden ist doch vielleicht kaum ein paar durch [die] der Sinn der Worte lauter hinunterdringt, und den Punkt befruchtet und belebt, der wenn er einmal im Menschen würksam wird nicht selten dasjenige aus ihm macht was wir den Denker, und mit Aktivität und äußeren Situationen verbunden den großen, ja selbst den glücklichen Mann nennen können. Aber ehe ich weiter schreibe, so muß ich eine Frage an mich selbst tun. Wo habe ich diese Gedanken her, die ich hier schreibe? Ich bin ein freier Mensch, meine Landesleute sind ehrliche Leute, ich spreche wie ich es denke, bin ich gegen mich selbst aufrichtig und sage mir nicht selbst Dinge nach (denn das heiße ich so wenn man noch nicht aufgeklärte Empfindung durch den Verstand rektifiziert und also ans Licht gibt), so kann ich mich überall sehen lassen, ein falsches Urteil wird mir alsdann zum Gebrechen, und nicht zum Vergehen angerechnet. Ist es Wahrheit bei dir was du redest oder ist [es] vielleicht der Ton des Lustrums worin du schreibst? Ich sehe tief in meine Seele hinein und ich erkenne, der Gedanke ist ein Produkt meines Systems, nicht eingeführt, ohnerachtet ich nicht zweifele, daß er häufig auf anderm Boden wächst.

Ich muß in mir selbst eine Freiheit zu denken einführen, da muß ich Herr sein oder ich bin gar keiner, ich muß sehen und hören, vergleichen, aber nur ein Richter muß in mir sein, niemals zwei: the whole man must move together. Aber wo ist das Eins in 90 unter 100? 90 unter 100 füllen keinen Posten in der Welt, sie sind alle ein ausfüllendes Geschlecht das überall verschließt wo es hingestellt wird, ohne die Empfindung der geringsten Unbequemlichkeit, es drückt und reibt sie nichts, wo ihr Empfindungs-System nichts Bestimmtes gibt, da helfen sie mit Glauben, Aberglauben par complaisance und Aberglauben aus Leichtsinn nach, und haben allzeit ein System fertig und gießen sich in jede Form. Ich weiß nicht ob solche Leute in der Welt sein müssen, für Sammler von Vernunftwahrheiten, zu Philosophen und eigentlichen Kritikern sind sie nicht. Ich muß noch einmal erinnern, daß ich keine Machtsprüche tue und wenn sie auch so klingen sollten, meine Gedanken sind ja die Gedanken eines Menschen, insoferne trage ich sie vor zur Betrachtung, der Philosoph, der weiß was der Mensch ist, wird bloß die Achsel zucken, aber noch nicht spotten, wenn der gelehrte Swedenborg schreibt der jüngste Tag sei am 9ten Jänner 1757 würklich gewesen, also vorbei, da er es sagt.

ES IST EINE Frage ob in den Wissenschaften und Künsten ein *Bestes* möglich sei, über welches unser Verstand nicht gehen kann. Vielleicht ist dieser Punkt unendlich weit entfernt, ohnerachtet bei jeder Näherung wir weniger vor uns haben.

DIE GESICHTER DER Menschen sind oft bis zum Ekelhaften häßlich. Warum dieses? Vermutlich konnte die nötige Verschiedenheit der Gemüts-Arten nicht erhalten werden ohne eine solche Einrichtung; man kann dieses als eine Seelen-Charakteristik ansehen, welche zu lesen wir uns vielleicht mehr befleißigen sollten. Um einigen Grund in dieser schweren und weitläuftigen Wissenschaft zu legen müßte man, bei verschiednen Nationen, die größten Männer, die Gefängnisse und die Tollhäuser durchsehen, denn diese Fächer sind so zu reden die 3 Hauptfarben, durch deren Mischung gemeiniglich die übrigen entstehen.

BEI EINEM GROSSEN Genie gehet das in einem Augenblicke vor, was oft bei einem andern ganze Stunden dauert. Ein gewisser Mensch, der eben keine großen Gaben hatte, hielt einen zum Betrug mit der Feder nachgemachten Druck eine ganze Stunde würklich dafür, andere sahen es im ersten Augenblick.

DIE ERFINDUNG DER wichtigsten Wahrheiten hängt von einer feinen Abstraktion ab, und unser gemeines Leben ist eine beständige Bestrebung uns zu derselben unfähig zu machen, alle Fertigkeiten, Angewohnheiten, Routine, bei einem mehr, als bei dem andern, und die Beschäftigung der Philosophen ist es, diese kleinen blinden Fertigkeiten, die wir durch Beobachtungen von Kindheit an uns erworben haben, wieder zu verlernen. Ein Philosoph sollte also billig als ein Kind schon besonders erzogen werden.

DIE GRÖSSTEN DINGE in der Welt werden durch andere zuwege gebracht, die wir nichts achten, kleine Ursachen, die wir übersehen, und die sich endlich häufen.

ES IST NICHT so angenehm wenn uns andere von einem Taschenspieler erzählen, als ihn selbst zu sehen, weil uns bei dem ersten immer ein

Grad von Unglauben zurückbleibt, oder wir denken, die erzählende Person sei nicht fein genug gewesen, wie sie die Sache betrachtet habe.

MAN KÖNNTE DIE Gewohnheit eine moralische Friktion nennen, etwas das den Geist nicht leicht über die Dinge hinstreichen läßt sondern ihn damit verbindet, so daß es ihm schwer wird sich davon los zu machen.

AUS DEN TRÄUMEN der Menschen, wenn sie dieselben gnau anzeigten, ließe sich vielleicht vieles auf ihren Charakter schließen. Es gehörte aber dazu nicht etwa einer sondern eine ziemliche Menge.

DIE FURCHT VOR dem Tod, die den Menschen eingeprägt ist, ist zugleich ein großes Mittel, dessen sich der Himmel bedient, sie von vielen Untaten abzuhalten, vieles wird aus Furcht vor Lebensgefahr oder Krankheit unterlassen.

DIE SPEISEN HABEN vermutlich einen sehr großen Einfluß auf den Zustand der Menschen, wie er jetzo ist, der Wein äußert seinen Einfluß mehr sichtbarlich, die Speisen tun es langsamer, aber vielleicht ebenso gewiß, wer weiß ob wir nicht einer gut gekochten Suppe die Luftpumpe und einer schlechten den Krieg oft zu verdanken haben. Es verdiente dieses eine gnauere Untersuchung. Allein wer weiß ob nicht der Himmel damit große Endzwecke erreicht, Untertanen treu erhält, Regierungen ändert und freie Staaten macht, und ob nicht die Speisen das tun was wir den Einfluß des Klima nennen.

HEFTIGEN EHRGEIZ UND Mißtrauen habe ich noch allemal beisammen gesehen.

WENN ICH BISWEILEN viel Kaffee getrunken hatte und daher über alles erschrak, so konnte ich ganz gnau merken, daß ich eher erschrak ehe ich den Krach hörte, wir hören also gleichsam noch mit andern Werkzeugen, als mit den Ohren.

LEUTE, DIE NICHT die feine Verstellungskunst völlig inne haben, und andere mit Fleiß hintergehen wollen, entdecken uns gemeiniglich das Generelle ihrer ganzen Denkungs-Art bei der ersten Zusammenkunft, wer also der Neigung eines andern schmeicheln will und sich in dieselbe schicken lernen will, der muß bei der ersten Zusammenkunft sehr acht geben, dort findet man gemeiniglich die bestimmende Punkte der ganzen Denkungs-Art vereinigt.

BEI EINEM VERBRECHEN ist das was die Welt das Verbrechen nennt selten das was die Strafe verdient, sondern da ist es, wo unter der langen Reihe von Handlung womit es sich gleichsam als mit Wurzeln in unser Leben hinein erstreckt diejenige ist, die am meisten von unserm Willen dependierte, und die wir am allerleichtesten hätten nicht tun können.

ES IST EIN Fehler in unsern Erziehungen, daß wir gewisse Wissenschaften so früh anfangen, sie verwachsen so zu sagen in unsern Verstand, und der Weg zum Neuen wird gehemmt. Es wäre die Frage ob sich die Seelenkräfte nicht stärken ließen ohne sie auf eine Wissenschaft anzuwenden.

ES GIBT EINE gewisse Art Menschen, die mit jedem leicht Freundschaft machen, ihn eben so bald wieder hassen und wieder lieben, stellt man sich das menschliche Geschlecht als ein Ganzes vor, wo jeder Teil in seine Stelle paßt, so werden dergleichen Menschen zu solchen Ausfüll-Teilen die man überall hinwerfen kann. Man findet unter dieser Art von Leuten selten große Genies, ohneracht sie am leichtesten dafür gehalten werden.

TRÄUME FÜHREN UNS oft in Umstände, und Begebenheiten hinein, in die wir wachend nicht leicht hätten können verwickelt werden, oder lassen uns Unbequemlichkeiten fühlen welche wir vielleicht als klein in der Ferne verachtet hätten, und eben dadurch mit der Zeit in dieselben verwickelt worden wären. Ein Traum ändert daher oft unsern Entschluß, sichert unsern moralischen Fond besser als alle Lehren, die durch einen Umweg ins Herz gehen.

DIE SONNE WÄRMT sagt man; vielleicht nur unsere Erde, es ist die Frage ob sie andere Körper warm macht. Hieraus läßt sich einigermaßen die Möglichkeit einsehen wie es auf dem Saturn und dem Merkur eben so sein könne als auf unserer Erde.

VIELLEICHT HABEN ALLE Körper einen Dunstkreis um sich herum, worin sich das was uns die Empfindung des Geruchs beibringt bewegt, und hat so zu sagen Geruchs-Pole; die Ausdünstungen steigen auf eine gewisse Höhe von ihm und fallen alsdenn wieder in ihn hinein wie die Wolken auf unsere Erde. Wenn der Gestank manches Insektes leuchtete so würden wir unzählige kleine Kometen schwärmen sehen. Die Kraft die unsere Erde hat, Körper an sich zu ziehen, ist eine Kraft die aus den besonderen Kräften, aller Teile zusammen gesetzt ist.

ICH BIN GAR nicht abgeneigt zu glauben, daß die Menschen mit der Zeit können fliegen lernen. Junge Kinder müssen aber dazu gewöhnt werden, dabei müßte eine eiserne Stange den Rücken herauf über den Kopf weggehen, um ein Geg[enge] wicht anzubringen damit der Mittelpunkt der Schwere zwischen die Arme fiele, diese Stange könnte auch zur Befestigung der Flügel dienen. An der Stange, just dem Schwerpunkt gegenüber könnte ein Ring angebracht werden woran man sich bei der Übung aufhängen könnte. Die Arme vom Ellenbogen an brauchte der Fliegende nicht.

WEISER WERDEN HEISST immer mehr und mehr die Fehler kennen lernen, denen dieses Instrument, womit wir empfinden und urteilen, unterworfen sein kann. Vorsichtigkeit im Urteilen ist was heutzutage allen und jeden zu empfehlen ist, gewönnen wir alle 10 Jahre nur *eine* unstreitige Wahrheit von jedem philosophischen Schriftsteller, so wäre unsere Erde immer reich genug.

WENN ER SEINEN Verstand gebrauchen sollte, so war es ihm als wenn jemand, der beständig seine rechte Hand gebraucht hat, etwas mit der linken tun soll.

ZUWEILEN SCHLUG ER aus, wiewohl nur mit dem Schwanze. (Pferd)

ER HATTE ZU nichts Appetit und aß doch von allem.

DER PÖBEL WÜNSCHT sich Gold und Chargen und würde sich betrogen finden wenn er sie hätte. Unter den Großen ist es nun auch Mode geworden, die Quelle und den Strohsack dem Bauern zu beneiden, mancher würde sich auch in diesem Zustand betrogen finden. Der Dichter versteht aber ein Ideal wird man sagen, wer weiß aber ob nicht der Bauer sich den Zustand des Großen auch idealisiert.

MICH DÜNKT IMMER die ganz schlechten Schriftsteller sollte man immer in den gelehrten Zeitungen ungeahndet lassen, die gelehrten Zeitungsschreiber verfallen in den Fehler der Indianer die den Orang Outang für ihres gleichen, und seine natürliche Stummheit für einen Eigensinn halten, von welchem sie ihn durch häufige Prügel vergeblich abzubringen suchen.

ES GIBT EINE gewisse Art von Büchern, und wir haben in Deutschland eine große Menge, die nicht vom Lesen abschrecken, nicht plötzlich einschläfern, oder mürrisch machen, aber in Zeit von einer Stunde den Geist in eine gewisse Mattigkeit versetzen, die zu allen Zeiten einige Ähnlichkeit mit derjenigen hat, die man einige Stunden vor einem Gewitter verspürt. Legt man das Buch weg, so fühlt man sich zu nichts aufgelegt, fängt man an zu schreiben, so schreibt man eben so, selbst gute Schriften scheinen diese laue Geschmacklosigkeit anzunehmen, wenn man sie zu lesen anfängt. Ich weiß aus eigener Erfahrung, daß gegen diesen traurigen Zustand nichts geschwinder hilft als eine Tasse Kaffee mit einer Pfeife Varinas.

WIR HABEN HEUTZUTAGE eine ganze Menge sogenannter feiner Köpfe (nicht großer Geister). Es sind aber dieses nicht sowohl Leute, die groß in der ganzen Anlage ihres Geistes und zwar ursprünglich sind, sondern bei den meisten ist die Feinheit eine Schwächlichkeit, Hypochondrie, eine kränkliche Empfindlichkeit. Ein solcher Gelehrter ist zu feinen Bemerkungen aufgelegter als andere Menschen, stiftet aber [in] dem Reich der Gelehrsamkeit selten so viel Nutzen, glaubt viel ausrichten zu können, wenn er nur erst wollte, will aber niemals. Diese

Leute bilden sich leicht nach allem wenn sie lauter Gutes lesen, so schreiben sie ziemlich gut, sie sind aber allzeit weit entfernt von der sicheren Richtigkeit der Alten, deren Genie der gesunden und festen Reife einer Frucht und nicht der welken wurmstichigen, wiewohl oft schönfarbigen einiger Neueren gleicht.

JEDERMANN SOLLTE WENIGSTENS soviel Philosophie und schöne Wissenschaften studieren als nötig ist um sich die Wollust angenehmer zu machen. Merkten sich dieses unsere Landjunker, Hof-Kavalier, Grafen und andere, sie würden oft über die Würkung eines Buchs erstaunen. Sie würden kaum glauben wie sehr Wieland den Champagner erhöhet, seine häufige Rosenfarbe, sein Silberflor, seine leinenen Nebel würden ihnen selbst den Genuß eines guten elastischen Dorf-Mädgens mehr sublimieren.

ER PFLEGTE SEINE obern [und] untern Seelenkräfte das Ober- und Unterhaus zu nennen, und sehr oft ließ das erstere eine Bill passieren, die das letztere verwarf.

EIN SCHLECHTES MITGLIED der Deutschen und der menschlichen Gesellschaft – Herr M. (der menschlichen Gesellschaft außerordentliches Mitglied)

WIR KÖNNEN GAR nichts von der Seele sehen wenn sie nicht in den Mienen sitzt, die Gesichter einer großen Versammlung von Menschen könnte man eine Geschichte der menschlichen Seele nennen mit einer Art von chinesischen Zeichen geschrieben. Die Seele legt, so wie der Magnet den Feilstaub, so das Gesicht um sich herum und die Verschiedenheit der Lage dieser Teile bestimmt die Verschiedenheit dessen, das sie ihnen gegeben hat. Je länger man Gesichter beobachtet, desto mehr wird man an den sogenannten nichtsbedeutenden Gesichtern Dinge wahrnehmen, die sie individuell machen.

GUNKEL HATTE WITZ, zwar nicht von dem ganz feinen, so wie ihn Reich in Leipzig gerne verlegt, oder Kästner schreibt, aber doch Witz, eine Gabe den rohen Vorrat von Begriffen in seinem Kopf unter Klassen zu bringen und mit dem groben Band einer ekelhaften Ähnlichkeit zwei und zwei immer zusammenzukuppeln. Eine Bibliothek der elenden Skribenten hätte er schreiben können, und hat würklich so viel gesprochen als 3 Stücke austragen. Den Gedanken daß Klotz auch so viel als Truncus bedeutet hat er mit Burmannen und Wilken zugleich gehabt, ohne den einen oder den andern gelesen zu haben. Überhaupt bedauere ich ihn daß er um diese Zeit gestorben ist, die neuere Kritik gefiel ihm sehr, und er hatte sich kein größeres Glück gewünscht, als den Antikritikus einmal bei Grabensteinen, Frankenfelden, oder im Kruge vor dem Geismar-Tor anzutreffen, die Miene womit er dieses wünschte, und seine Art bei Streitigkeiten zu verfahren, wodurch er allzeit die gegenwärtige endigte, und sie in eine andere zwischen sich und der Obrigkeit verwandelte, ließen der Klotzischen Partie alles mögliche hoffen.

VORREDE ZU DER REDE. Nachstehende Rede war nicht eigentlich zum Druck bestimmt, so wie es aber mit vielen Dingen geht, sie erreichen oft ihre eigentliche Bestimmung nicht, so ging es auch dieser Deklamation, sie ward gedruckt und wird nun immer gedruckt bleiben, wenn man auch noch so oft wünschen sollte, daß sie es nicht sein mögte. Unterdessen verdiente dieser Mann würklich mehr bekannt zu sein, er hatte in der Tat viel Eigenes, wäre er eine Pflanze gewesen, so würde man ihn als eine seltsame Spiel-Art vielleicht in Kupfer gestochen haben, nun er aber Mensch und zwar Antiquarius war, und weil sich das Sonderbare in ihm eben nicht immer so zeigte, so will man ihn vergessen. Die Gelehrten sollten sich schämen, daß sie nur sich oder andere Gelehrten, und höchstens Prinzen und Helden, und diese oft nur gegen Bezahlung bekannt machen. Es ist nur gut, daß der gemeine Mann sich nicht viel um Ruhm bekümmert, sonst könnte er wirklich bei dem Ruhm manches Gelehrten sagen, was er gewöhnlich sagt wenn er dem Taschenspieler unter den Tisch geguckt hat: *Ja so ists keine Kunst.*

WAS DIE MEISTEN Menschen an Kunkeln vermisseten, war Bescheidenheit, und ich als aufrichtiger Redner muß bekennen, daß ich sie auch in ihm vermissete. Und wenn es immer die Pflicht eines Lobredners ist zu entschuldigen, so muß ich bekennen, daß ich hier nur zween

Wege vor mir sehe es mit meinem Kunkel zu tun, die eine Art ist die allgemeine Entschuldigung der menschlichen Schwachheiten, daß wir schwache Werkzeuge sind, daß wir unsere Gebrechen haben müssen weil wir Menschen sind, und dann noch mit dem Satz eines großen praktischen Philosophen der im vierten Teil seiner vortrefflichen Werke sagt *La modestie devroit etre la vertu de ceux à qui les autres manquent.* Aber Gunkel hatte genug andere.

ER WAR DER Verfasser verschiedener Abhandlungen die hier und da unter dem Artikel Nonsense in den Journalen erschienen.

DAS DING VON dessen Augen und Ohren wir nichts und von dessen Nase und Kopfe wir nur sehr wenig sehen, kurz unser Körper.

ER HATTE SEINE Bibliothek verwachsen, so wie man eine Weste verwächst. Bibliotheken können überhaupt der Seele zu enge und zu weit werden.

MEINE STIMME ERSTRECKT sich, nach einem Versuche den ich auf dem hiesigen Schützenhofe gemacht habe, mit einiger Deutlichkeit nicht auf 50 Schritte. Denn wenn ich nach der Scheibe schieße, so muß ich, wenn mir der Zeiger Unrecht tut oder wenn ich glaube er hätte mir welches getan, es ganz ohne einige Replique, als wenn es von hoher Hand käme, geschehen lassen oder warten bis ich ihn herunterkriege, oder erst über ein paar Ärme von der Leine setzen bis ich zu ihm hinauf komme. Und auf 60 Schritte kann ich dem größten Herrn ganz dreiste eine Sottise sagen und sicher sein, daß sie nicht hinreicht. Ich finde nicht daß sich je ein Schriftsteller bemüht die Bestimmung dieses Zirkels Leuten von hitzigen Temperamenten anzuraten und finde mich selbst auch würklich nicht sonderlich aufgelegt das darüber zu sagen, was ich sagen könnte, wenn es hier nötig wäre. Eigentlich ist diese Rede nur gedruckt worden um meinen Stimmen-Zirkel so groß zu machen, als den von einer ganz gemeinen gesunden Lunge, ohngefähr 300 Schritte im Radius, und ich bediene mich der Druckerpresse hier nur statt eines Sprachrohrs auf 300 Schritt und nicht in der Absicht, wo man sie definieren könnte als *nihil aliud quam machina cujus ope unus vel duo homines sine ullo negotio omnipraesentiam virtualem tertii in sacro hoc romano imperio sistunt.* Überhaupt dünkt mich wäre es gut unter jedes Buch in einem verständlichen Maß den Radius des Zirkels anzugeben in welchem es gelten soll mit der Bitte an alle gute Leser, dieses Buch, wenn es außer der Linie gefunden wird, auf den nächsten Ort gegen den Mittelpunkt zu auszuliefern, dieses könnte von unparteiischen Collegiis geschehen, es wäre gewiß besser als daß jetzo eine Stand-Rede und ein Dictionnaire universel beide auf einen Radius von 1720 deutschen Meilen (denn so lang ist wohl die grade Linie zwischen jedes Autors Lehnsessel und seinem entferntesten Leser) ausgearbeitet wird, endlich reibt doch die Natur so viel von diesem Radius ab bis er seine gehörige Länge hat. Könnte dieses der Schriftsteller nicht auch tun?

DIE STUBE DREHTE sich mit mir herum (sagte einmal der besoffene Herr Faucitt) und ich Dero Narr stund in der Mitte und wußte nicht was ich tun sollte.

AM ENDE DER Rede auf Kunkeln. Es ist kein Wunder wenn den Chinesern selbst die chinesische Sprache so schwer wird, daß die feinsten Köpfe sie vor ihrem Ende gar nicht einmal ganz verstehen lernen können. Ich habe es nie weit in dieser Sprache gebracht, alles was ich weiß sind außer den Namen einiger Hauptstädte zwei Substantiva; das eine ist mir seit einigen Jahren wieder sehr ungewiß geworden und ich müßte wenigstens 6 Wörter hersetzen, z. E. es klingt fast so wie – – – oder fast so wie – –, ein n ist drin das weiß ich gewiß, denn es ist fast so wie ...n... und doch würde der Leser aus diesen 6 fast so's nichts weiter als ein siebentes fast so herausbringen, und so muß kein junger Schriftsteller mit Lesern umgehen, denen er in einem halbdutzend Dingen vielleicht das Wasser nicht reicht. Das andere aber weiß ich jetzo noch so gewiß, daß ich es gegen alle Pekingsche Journalisten behaupten wollte, daß ich [es] gewiß weiß, und sollte ich auch desjenigen Mit-Arbeiters, der am Ende jedes Stücks hinten die kleinen Schwärmer-Rezensionen unter die Leser wirft, dieses Mitarbeiters Frau – denn unsere schlauste deutsche Eifersucht ist nur Kinderspiel gegen des gutherzigsten chinesischen Hahnreis seiner – einmal gesehen haben wenn sie durch das Hinterhöfgen wackelt. Dieses chinesische Wort, das ich aus der deutschen Übersetzung eines schwedischen Buchs gelernt habe, heißt *Tchu* und hat just so viel Bedeutungen als Buchstaben. Es heißt ein Hausherr, ein Schwein, eine Küche und ein Pfeiler.

DER STOLZ DES Menschen ist ein seltsames Ding, es läßt sich nicht sogleich unterdrücken, und guckt, wenn man das Loch A zugestopft hat, ehe man sichs versieht zu einem andern Loch B wieder heraus und hält man da zu, so steht er hinter dem Loch C usw.

KOPF UND FÜßE so weit sie auch im physischen Verstand von einander liegen, so nah liegen sie sich doch im moralischen und psychologischen, Freude und Traurigkeit zeigen sich kaum so bald an der Nase, die doch kaum 3 Zoll von der Seele wegliegt, als in den Füßen, ich kann dieses täglich an meinem Fenster bemerken, wo ich deutlich an den Füßen der Studenten sehen kann ob sie aus einem Collegio kommen oder in eines zu gehen willens sind, Jenes an der platt auffallenden Sohle, die den Hunger der regierenden Seele verrät, Dieses an dem schmachtenden Schritt, wo Absatz und Zehen etwas langsamer nach einander aufzuliegen kommen, der allemal ein Zeichen der kurz vorhergegangenen Sättigung ist. Bei denen Studenten, wo ich nichts dergleichen bemerken konnte, habe ich nach der Hand fast allemal erfahren, daß sie zugleich in ein Kolleg gehen und aus einem kommen. Bei dem Catilina, wie die lateinischen Schriftsteller sagen, soll dieses so merklich gewesen sein, daß einige Leute schon lange vorher, ehe Cicero die berühmte Konspiration in desselben Kopf entdeckte, sie schon wollten in seinen Füßen beobachtet haben, er ging nämlich zuweilen auf der Straße ganz ordentlich, dann langsam, dann kehrte er um als wenn er sein Schnupftuch vergessen hätte, dann stund er gar still, dann auf einmal lief er, bis daß ein neues Projekt wieder quer vor ihn hintrat und ihn still stehen machte. Bei unserem verblaßten Freund konnte man nichts so was bemerken, er hinkte sehr stark und sein Gang sah fast immer aus als eines, der zugleich in ein Collegium geht und aus einem herauskommt. Ich versuchte andere Mittel hinter seinen Charakter zu kommen. pp.

DAMALS FING SICH etwas von der Leidenschaft in ihm an zu regen, die wir gewöhnlich nicht lange vorher, ehe wir uns zum erstenmal rasieren lassen, schon verspürt haben. Von Anfang war es ein Ding, das gar keine Richtung hatte, und er konnte nichts bemerken, als daß seine gewöhnlichen Begierden nicht so wohl besänftigt, als von etwas wenigstens eben so stark nicht mehr dahin sondern dorthin gezogen wurden, ein ärgerliches Gleichgewicht, man schüttelt und rüttelt und weiß nicht warum, nur um nicht still zu stehen, und wieder etwas anderem Überwucht zu geben, ein seltsamer Zustand durch den wir Männer alle müssen, und ihr Mädgen, ja das weiß ich nicht. Glücklich ist der geschwind dadurch kommt oder schon vorher eine klare Einbildungskraft durch eine wohltätige Erziehung erhalten hat, daß dieser süße Tumult in der Seele ihm nichts als schöne Hoffnungen eingibt, und ihn über einen bezauberten Boden endlich zu der schönen Kreatur hinführt und entzückende Gewißheit mit reizender Ungewißheit vertauschet.

ES GIBT ZWEI Wege das Leben zu verlängern, erstlich daß man die beiden Punkte geboren und gestorben weiter von einander bringt und also den Weg länger macht, diesen Weg länger zu machen hat man so viele Maschinen und Dinge erfunden, daß man wenn man sie allein sähe unmöglich glauben könnte, daß sie dazu dienen könnten einen Weg länger zu machen, in diesem Fache haben einige unter den Ärzten sehr viel geleistet. Die andere Art ist, daß man langsamer geht und die beiden Punkte stehen läßt, wo Gott will, und dieses gehört für die Philosophen, diese haben nun gefunden, daß es am besten ist daß man zugleich botanisieren geht, Zickzack, hier versucht über einen Graben zu springen und dann wieder herüber, wo es rein ist, und es niemand sieht, einen Purzelbaum wagt und so fort.

NUR IMMER EIN Buch herauszugeben wenn man etwas Rundes zu sagen hat ist menschlicher Stolz, gibt es denn nicht noch mehr Figuren als die Ründe die alle auch schön sind, die Schlangen Linie halte ich für ein Buch für die dienlichste und ich hatte schon in dieser Linie geschrieben ehe ich wußte daß Hogarth etwas über dieselbe geschrieben hatte, oder ehe Tristram Shandy seine Manier *en Ziczac*

DEN JETZIGEN MENSCHEN kann man sich als aus zween zusammengesetzt vorstellen, dem natürlichen Menschen und dem künstlichen, wovon der eine nach den ewigen Gesetzen der Natur und der andere nach den veränderlichen des Costume sich ändert. Bei der Schilderung des Menschen muss man hauptsächlich darauf sehen den einen von dem andern zu unterscheiden. Zum natürlichen Charakter rechne ich die Hauptstriche des Charakters der Konturen, bedächtlich, schwermütig, still, lustig, Geck, Bemerker, Wahrheiten selbst erfunden, anderer ihre Eigenmacht verfließen gemacht in das eigene System von Gesinnungen, der künstliche Mensch alles bloß Angeklebte, Gelernte, es sei ein Kompliment oder eine große philosophische Wahrheit, alles Erzwungene, Eau de Lavende und rote Absätze usw.

BEI DEM FRAUENZIMMER fällt der Sitz des Point d'honneurs mit dem Schwerpunkt zusammen, bei den Mannspersonen liegt er etwas höher in der Brust um das Zwerchfell herum. Daher bei Mannspersonen die elastische Fülle in jener Gegend bei Unternehmung prächtiger Taten, und eben daher das schlappe Leere daselbst bei der Unternehmung kleiner.

ICH GEHE ZUWEILEN in 8 Tagen nicht aus dem Hause und lebe sehr vergnügt, ein eben so langer Hausarrest auf Befehl würde mich in eine Krankheit werfen. Wo Freiheit zu denken ist, da bewegt man sich mit einer Leichtigkeit in seinem Zirkel, wo Gedanken-Zwang ist, da kommen auch die erlaubten mit einer scheuen Miene hervor.

ES GING UNSERM guten Kunkel mit vielen solchen guten Sachen wie den Leuten mit dem Rocken-Kaffee, er gab es zu, es wäre ihm zuträglich, auch leicht zu haben, aber was das Schlimmste war, es war weiter nichts als Rocken-Kaffee.

DER BESTÄNDIGE UMGANG den Kunkel mit Büchern von allerlei Art hatte, die Titel die er las und über welche er sprechen hörte und sich befragte, hatten in seinem Kopf eine Art von allgemeiner Enzyklopädie erzeugt, welche gedruckt zu sehen vielleicht des größten Betrachtungen-Sammlers nicht unwürdig wäre. Weil ich mich öfters mit ihm über mathematische Bücher besprochen habe, so kenne ich ihn von dieser Seite etwas gnauer. Seine Begriffe formierten sich ohngefähr so. Er sah Kästners Ruhm und Besoldung, 1ter *Schluß* also durch Mathematik kann man zu Ruhm und Brod kommen. Er sah eine Sprache in den mathematischen Büchern die sich von allen andern christlichen und heidnischen Sprachen unterschied, 2ter *Schluß* die Mathematik ist erschrecklich schwer. Einige Bücher gingen ihm beständig ab, andere blieben ihm stehen und beinah ewig stehen, 3ter *Schluß* einige Teile der Mathematik müssen also wohl Brod eintragen, allein sie wird doch nicht so recht getrieben. Er sah die Finsternisse voraussagen, und zwar daß wir er selbst sagte die Kalendermacher selten sich um ein paar Vaterunsers lang irrten, 4ter *Schluß* das ist etwas Außerordentliches um die Mathematik. Zusammengenommen sah seine Definition ohngefähr so aus: Die Mathematik ist eine Profession, wobei ein ehrlicher Mann alle seine 5 Sinne nötig hat, die Ehre und auch Brod einbringt, aber nicht viel getrieben wird, einige Teile davon müssen fast so brauchbar sein als die Pandekten; sie lehrt künftige Dinge vorhersagen und das auf eine erlaubte Art, die Mathematiker wissen vermutlich wenn unsereiner stirbt, aber sie tun wohl, daß sie es uns vorenthalten, und Gott gebe, daß die Landsobrigkeit es ihnen niemals erlaubt etwas davon auszuplaudern. So viel ich hören und schließen konnte, so war seine Tafel der menschlichen Erkenntnis so geteilt

Wissenschaften bringen			
Brod und Ehre	kein Brod und keine Ehre	Ehre und kein Brod	Brod und keine Ehre
Jurisprudentia Medicina Theologia Analysis infinitorum	Metaphysica Logica Critica	Poesia belles lettres Philosophia Mathesis	Advocatia Oeconomia Anatomia Rechnen und Schreiben

ER WUSSTE WENIGSTENS 10 000 Wörter im Deutschen und konnte sie alle, in so fern es anging, deklinieren und konjugieren, aber wenigstens 8000 davon hatten sich in seinem Gehirn so von den eigentlichen Begriffen, die sie bezeichnen sollten, weggeschoben, daß sie öfters auf ganz andere zu liegen kamen oder daß sie doch über die Hälfte drüber oder drunter weg lagen, daher kamen die sonderbaren Vor-Stellungen von den Wissenschaften, wovon er doch täglich die Bücher unter Händen hatte. Manche Wörter waren bei ihm von einem abscheulichen Umfang daß sie nicht allein zwei drei Geschlechter, sondern jede Gattung und jedes Individuum besonders bezeichneten, so werden wir eine besondere Bedeutung von dem Wort belles lettres bei ihm finden. Das Wort Beruf druckte bei ihm die Begriffe *Hang Neigung* und *Leidenschaft* aus. Kurz in einem Kopf, wo die Wörter nicht recht liegen, da ist eine ganz andere Denkungs-Art, ein anderes Jus naturae, andere Belleslettres, die ganze Haushaltung muß sich ändern, man wird Fremdling in seinem eigenen Vaterland und in der Welt. Also wollte ich allen jungen Leuten raten, alle neue Wörter fein zu ordnen und so wie die Mineralien in ihre Klassen zu bringen, damit man sie finden kann, wenn man darnach fragt oder sie selbst gebrauchen will. Dieses heißt Wörter-Ökonomie, und ist dem Verstand eben so einträglich, als die Geld-Ökonomie dem Beutel.

IN ENGELLAND HAT man schon angefangen [und] ein Fündelhaus des Verstandes und Witzes, oder für Abhandlungen errichtet, deren Vater man nicht anzugeben weiß. Ein Deutscher kam aber (und der Gedanke ist menschenfreundlich) zuerst darauf ein Hospital für die Gebrechlichen zu errichten worin man Öl in ihre Wunden gießt.

KRÄFTE LAGEN IN Kunkeln, die den Stoff zu einem Leben in Quart hätten bearbeiten können.

TRINKEN, WENN ES nicht vor dem fünf und dreißigsten Jahre geschieht, ist nicht so sehr zu tadlen, als sich viele von meinen Lesern vorstellen werden. Dieses ist ohngefähr die Zeit, da der Mensch aus den Irrgängen seines Lebens heraus auf die Ebene tritt in welcher er seine künftige Bahn von nun an offen vor sich hinlaufen sieht. Es ist betrübt, wenn er alsdann erst sieht daß es die rechte nicht ist, eine andre zu suchen, wenn er nicht sehr gut zu Fuß ist, ist gemeiniglich zu spät. Ist diese Entdeckung mit einer Unruhe verknüpft, so hat man durch die Erfahrung befunden, daß der Wein zuweilen Wunder tut, fünf bis sechs Gläser oder bis an die Spes dives des Horaz getrunken, gibt nun dem Menschen die Lage die er verfehlt hat, das Gesinnungen-System findet alles Äußere mit seinem angenehmsten Stande harmonisch, wo Prospekte verbaut sind, da reißt die Seele ein, und überall schafft sie sich die schönsten Perspektive, von dem reinsten rosenfarbenen Licht erhellt, oder dem erquickendsten Grün das nur ein Auge zur Stärkung und eine Seele zur angenehmsten Füllung verlangen kann.

WENN MAN DIE Kur in Regenwasser trinken will, so muß man nach Göttingen kommen, da hat man es allezeit frisch.

DUELL. WENIG WAHRE Herzhaftigkeit, mit einem unwiderstehlichen Vorsatz verbunden etwas zu tun, das leicht ist, und doch jenen Mangel zu ersetzen scheint, falsche Begriffe von Ehre und Verdienst, Leichtsinn, mit einem Mangel an soliden Kenntnissen verbunden, das ist es ohngefähr was der Student besitzt der sich gerne schlägt. Ein Göttingisches Duell erfordert die nämliche Herzhaftigkeit, die man nötig hat eine bowl of punch auszutrinken. 50 haben ihren Tod schon in der letztem gefunden, und nur ein einziger in dem ersteren. Kein Wunder also wenn so viele dieses Mittel ergreifen, eine vermeintlich verlorne Ehre wieder herzustellen. Ein Versuch die grönländischen satyrischen Duelle einzuführen welche Cranz in seiner Geschichte von Grönland T. I. p. 231 erwähnt könnte ein gutes Mittel sein, seine Ehre nicht zu bald für verloren zu halten.

ER MUSSTE ETWAS zu spielen haben, hätte ich ihn keine Vögel halten lassen, so hätte er Maitressen gehalten.

SO WIE MAN bei jungen vornehmen Kindern, wenn sie sterben, noch betrachtet was sie hätten werden können, so kann ich auch bei Gunkeln betrachten was er hätte werden können.

DEM WEISEN IST nichts groß und nichts klein, zumal zu der Zeit wenn er philosophiert, wo ich allemal voraussetze, daß es ihn weder hungert noch durstet, noch daß er seine Dose vergessen hat, wenn er schnupft. Alsdann könnte er glaube ich Abhandlungen über Schlüssellöcher schreiben, die so wichtig klängen, als ein Jus naturae und eben so lehrreich wären. In den kleinen alltäglichen Pfennigs-Begebenheiten steckt das moralische Universale eben so gut als in den großen wie die wenigen Adepten wohl wissen. In einem Regentropfen steckt so viel Gutes und Künstliches, daß man ihn auf einer Apotheke unter einem halben Gulden nicht lassen könnte. Wer Kunkeln gesehen hat mußte allemal glauben daß es ihrer eine unendliche Menge gäbe, er war ein solcher Regentropfen, aber das vehiculum von einem ganzen andern Stoff zu

Betrachtungen, als gewöhnlich bei Leuten von seinem Stande können angebracht werden.

UNTER DIE MEINUNGEN des Herrn Kunkels muß ich den Inhalt einiger Blätter notwendig rechnen, die er zum Nutzen eines Sohnes aufgesetzt hatte. Ich lasse ihn ganz hier einrücken: Dein Vater hat seine Nahrung durch belles lettres gefunden, ich hoffe du wirst es auch tun können und deine Mutter fort ernähren. Zu dem Ende will ich dir einige Vorschriften, die ich aus vielfältiger Erfahrung wahr befunden habe, hiermit mitteilen und ich hoffe du wirst mir zu lieb nicht viel darüber grübeln, sondern so viel als möglich grad tun, denn ich dein Vater habe es so gefunden. Zur Bücherkenntnis hast du nichts nötig als daß du lateinisch lesen, und ein bißgen einen casum setzen lernest, denn die Lateiner haben die seltsame Gewohnheit gehabt hinten zuweilen Silben an ihre Wörter anzusetzen, und dieses haben sie einen casum setzen geheißen, sie sagen zum Exempel mannigmal creditores und dann sagen sie wieder creditoribus, dieses klingt zwar lächerlich und schwer, aber es gibt sich mit der Zeit wenn man es gewohnt wird, die Gelehrten lachen sehr darüber, wenn man das -ibus nicht recht anbringt, so bin ich einmal vom seligen Heumann sehr ausgelacht worden, weil [ich] ihm sagte in allen Catalogibus, denn der selige Mann konnte das -ibus besser setzen als ein Professor auf der Universität, aber so weit kann es unsereiner unmöglich als Leute, die darüber grau geworden sind, die nicht allein dieses wissen, sondern auch noch nach dem a, e, i, o, u es zuweilen verändern, denn es gibt auch Wörter wo man -ubus sagen muß, nur eins anzuführen, so weißt du daß lupus der Wolf und lepus der Has heißt, aber dieses ist freilich nicht nötig hier anzuführen, und dieses mag genug sein von der lateinischen Sprache. vide p. 81.

DER FEHLER DER neueren Schriftsteller so wohl als Künstler besteht im Übertreiben, ein gut eingerichtetes Gefühl findet in einer Mäßigkeit die nicht nach Geiz schmeckt nur wahres Vergnügen, sobald man es aus diesen Grenzen führt, so läßt sich immer fragen, warum gehen wir nicht weiter heraus. Es gibt eine Art des Übertriebenen in welcher alles recht ist, und deswegen ist es für alle seichte Köpfe so gemächlich. Unter allen Kupferstichen, die uns die Tirolischen Bettel-Leute aus Augspurg zutragen, sind die Zwerg-Figuren die wohlfeilsten, und das, wie mich dünkt, von rechtswegen. Eine Art des Übertriebenen, wo eine geheime Absicht sich immer gleich bleibt, ist eben so schwer zu erreichen, als die edle Einfalt, und gefällt auch eben so sehr, so ist Hudibras geschrieben, in seinen Versen herrscht ein Übertriebenes, das sich eben gleich bleibt und erhält. Es gibt Leute, die glauben ein feiner Geschmack dürfe kein Vergnügen an dergleichen Versen finden, und haben daher vielleicht oft nicht gesagt, daß sie ihnen gefallen haben. Allein hier widerspricht die Erfahrung, Leute von wahrem großen Geschmack und die sich nicht bloß nach holden Liedgen gebildet haben (denn solche Seelen sind für alles dasjenige Schöne, das sich nicht mehr durch holde Diminutivgen ausdrucken läßt, verloren und kommen überhaupt nicht in Betrachtung) haben allzeit den Hudibras mit Vergnügen gelesen und in einer prosaischen Erklärung den Butler nicht mehr sehen können.

ZU P. 79. *FORTSETZUNG von Gunkels Instrukt[ion]:* Was die Bücher selbst betrifft, so wollte ich dir vor allen Dingen raten für eine Bibel niemals viel zu geben, sie sind hart zu verkaufen, sind sie neu mit einem goldnen Schnitt, so ist[s] eine andere Sache, hebräische Bibel geht. Unter den Sprachen, die ich nicht lesen kann, war die Griechische die zweite, die Griechenländer haben nicht [so] viel Bücher geschrieben wie die Juden, eines von ihren besten ist das novum Testamentum graecum purum; Purum steht nicht auf dem Titul, das heißt aber so viel, daß kein Lateinisch dabei steht, nämlich an der Seite gleich rechter Hand. Dann vorne haben die Purum eine Praefatio und sind deswegen doch *purum*. In den alten Zeiten haben die Athenienser ihren Kindern zu lieb immer das Lateinisch dabei gesetzt um ihnen diese nützliche Sprache so bald als möglich beizubringen, dieses war auch viel klüger als unser Französisch, das wir gar nicht nötig hätten, denn wir könnten ohne die Blitz-Franzosen leben. Das Lateinische kann man doch auch noch im Frieden brauchen, das Französische aber nur im Krieg. Hernach gibt es noch ein griechisches Buch Chrestomathia, dieses ist allzeit purum und findet Abgang, die beste Edition ist des seligen Gesner seine, aber noch einmal muß ich dir sagen, daß die griechischen Bücher so wie überhaupt alle theologische mit Behutsamkeit müssen gekauft werden. *Fortsetzung.* Denn das Griechische ist eine schwere Sprache, wie man schon aus den sonderbaren Buchstaben sattsam ersehen kann, die allemal den Käufer abschrecken müssen, es wäre daher besser wenn man dergleichen Bücher mit lateinischen oder deutschen Buchstaben druckte, das machte doch einen bessern Willkomm, doch dieses gehört eigentlich für die Buchdrucker und Kritikus, wovon ich dir vielleicht hernach noch etwas sagen werde. Ich komme nun auf die juristische Bücher, diese gehn gut, wenn sie gut sind, sie verraten sich leicht durch die Wörter Jus, Juris, Pandectarum, Institutionum, Lege, die besten Autores sind der Herr Hofrat Pütter, auf lateinisch Putteri, der Herr Hofrat Böhmer, Meister, Ayrer und Selchow, sonst fällt mir jetzt unter den Neuern keiner bei, unter den Alten ist Grupen, Heineccius.Hugo Grotius und Estor, Die Juristen haben auch eine Bibel die sie Corpus Juris heißen, sie ist aber immer lateinisch und der Dr. Luther hat sie vermutlich nicht Zeit gehabt ins Deutsche und die Juden nicht sie ins Hebräische zu übersetzen, denn sie ist ein paarmal so dick als die deutsche Bibel und so rein gedruckt, zumal die Noten, daß es beinah ohne Brille nicht zu lesen ist. Sie wird nicht schwarz sondern weiß gebunden, zuweilen auch mit messingen Ecken und Schweinsleder, weil sie von den Juristen stark hin und her gezogen wird. Die besten Editionen sind die mit den gefaltenen Händen auf dem Titul (was dieses eigentlich bedeuten soll, weiß ich nicht gewiß, mich dünkt aber es soll die Gerechtigkeit vorstellen, die gehandhabet werden soll, oder wie sie betet, denn die ganze Gerechtigkeit hineinzubringen war der Platz zu klein) und dann eine wo Carolus der Sechste (ich hab ihn gesehen) davor steht, von Kopf bis zu Fuß, beinah gekleidet, wie der Prorektor, woher dieses kommt verstehe ich wohl, denn der Kaiser ist nach dem lieben Gott der größte Mann und gehört vor eine Bibel. Du mußt dir aber nicht vorstellen, als ob der Kaiser das Buch geschrieben hätte, denn man setzt auch oft andere Leute vor die Bücher, so setzt man auch einen berühmten alten Mann Homerus vor ganz neue Bücher und Homerus hat lange vor Erbauung der Stadt Göttingen und über die Zeiten des Doktor Fausts hinaus gelebt.

Eine Erzählung

GEGEN DAS ENDE des ersten Jahrhunderts wurde mitten im Sitze des guten Geschmacks und der Gelehrsamkeit, die Studenten der damaligen Zeit nannten es, glaube ich, Tiber-Athen, ein Geschöpf geboren, das aussah wie andere Menschen. Es zeigte als es noch in das Gymnasium ging viele Fähigkeiten zu vielen Dingen, und hatte einen unwiderstehlichen Trieb alle diese mannigfaltigen Begierden zu befriedigen. Es lernte daher die 4 Species und etwas drüber, wußte über das summum bonum zu reden, beurteilte den Praxiteles, hatte selbst Augen und Mäuler zeichnen gelernt, und sogar Mineralien gesammelt, blies die Flöte und hatte angefangen Verse zu machen. Einige Schriftsteller sagen, alles dieses hätte es mit einer gewissen Leichtigkeit verrichtet, daß es dabei lange hätte schlafen, die Kränzgen besuchen, und bei allen Assembleen sein und noch außerdem die Damens in die Allee bei dem Campus Martius führen können. Es soll sagen sie die ernsthaftesten Bücher allezeit mit einer gewissen zärtlichen Miene gelesen haben, so daß die Umstehenden immer glaubten es seien Naivetäten oder sonst allerliebste Tändeleien, welches ihm in der Stadt viele Nachahmer erstlich unter den Damens, hernach unter den Stutzern und endlich gar unter Leuten bei der Regierung und den Schulen verschafft hatte. Just um diese Zeit bekam es von einigen mürrischen Leuten den Namen des Halbköpfigten, aus dem nämlichen Grund weswegen die Portugiesen den großen und scharfsinnigen Don Diego de Mendoza *sete cabiças* oder den Siebenköpfigten genannt haben, nicht sowohl wegen einer besondern Form des Kopfs als vielmehr desjenigen unsichtbaren Wesens, von dem man damals schon glaubte daß es im Kopf säße. Es las viel, und bekam den Kopf voll ohne doch viel zu wissen, so wie man täglich sehr viel essen kann und dennoch oder gar eben deswegen auszehren. Diejenigen Bücher, die es seinen Empfindungen am meisten harmonisch fand, waren diejenigen natürlicher Weise worin es so aussah als wie in seinem Kopf, also ohngefähr Journale, Melanges de -- und dergleichen. Als sich endlich der Trieb bei ihm zu regen anfing der, so wie ein gewisser anderer, bei den Mannspersonen in die Zeiten des ersten Barts fällt, ich meine den Trieb Bücher zu zeugen, so schrieb er Liedgen, und dieses nicht sowohl aus einem besondern Wink der Natur, sondern weil es glaubte, daß sich in diesem Fach mit der wenigsten Kraft die größte Ehre erreichen ließe. Teils auch deswegen weil eine gewisse falsche Zärtlichkeit es so ganz Gefühl gemacht hatte, daß es gestehen mußte es wäre ihm, wenn es seine Vernunft gebrauchen sollte, beinah als wenn es etwas mit der linken Hand tun sollte, und daß die sanfte Spannung, die es in seinem Gemüte bei einem Madrigal fühlte, ihm keine andere philosophische Betrachtung gewähren könnte. So tändelte es die Hälfte seines Lebens hin, glücklich für sich selbst, denn es konnte mit einer selbstgemachten Lokal-Philosophie und einem Sonett dasjenige einige Zeit ausrichten, was andern Einsicht in den Zusammenhang der Dinge und seiner selbst ist. Die andere Hälfte des Lebens ist minder bekannt, so viel ist ausgemacht, es steckte sich in ein Kloster und fing im Alter an mit der linken Hand Sachen zu traktieren, Aristotel[ische]. Phil[osophie].

ER BESASS VIEL Philosophie, oder common sense, der so aussah.

Rede eines Selbstmörders kurz vor der Tat aufgesetzt.

FREUNDE! ICH STEHE jetzo vor der Decke im Begriff sie aufzuziehen, um zu sehen ob es hinter derselben ruhiger sein wird als hier. Es ist dieses keine Anwandlung einer tollen Verzweiflung, ich kenne die Kette meiner Tage aus den wenigen Gliedern die ich gelebt habe zu wohl. Ich bin müde weiter zu gehen, hier will ich ganz ersterben oder doch wenigstens über Nacht bleiben. Hier nimm meinen Stoff wieder, Natur, knete ihn in die Masse der Wesen wieder ein, mache einen Busch, eine Wolke, alles was du willst aus mir, auch einen Menschen, aber mich nicht mehr. Dank sei es der Philosophie, daß mich jetzo keine fromme Possen in dem Zug meiner Gedanken stören. Genug ich denke, ich fürchte nichts, gut, also weg mit dem Vorhang! – –

IHR UNTERROCK WAR rot und blau sehr breit gestreift und sah aus, als wenn er aus einem Theater-Vorhang gemacht wäre. Ich hätte für den ersten Platz viel gegeben, aber es wurde nicht gespielt.

WEIL ER SEINEM Vater nun einmal bei der Zeugung mißlungen war, so getraute sich kein Kupferstecher nachher noch einmal sein Heil mit ihm in Kupfer zu versuchen.

WENN SIE NUR so viel Witz hätten als ein Senfkorn, so würden Sie dieses haben sagen müssen.

WENN ICH EINMAL sein Leben herausgebe, so suchen Sie gleich im Index die Wörter Bouteille und Selbst-Genuß auf, sie enthalten das Wichtigste von ihm.

ICH FÜRCHTE IMMER, unter den hundert Händen, wodurch mein Brief gelaufen ist, sind ein paar neugierige gewesen, und das schlimmste Maul kann gewiß nicht so viel Unheil anfangen, als ein Paar neugieriger

Hände, entweder für andere Leute, oder auch für den, von dessen Schultern sie herabhängen.

ICH WÜNSCHTE DIE Geschichte von mir so zu sehen, wie sie in verschiedenen Köpfen existiert, *meine Brüder* wissen die *meisten* Kleinigkeiten von mir, Herr *Ljungberg* weiß vieles von meiner besten Seite, *Eßwein* kennt meinen Charakter von der guten und der schlimmen Seite unter allen Menschen am besten. *Eymes* weiß die meisten Torheiten von mir und die meisten Heimlichkeiten, weil ich immer aus meinen Torheiten Heimlichkeiten gemacht habe. Am einfältigsten würde meine Geschichte aussehen wenn sie *Wachter* beschreiben sollte. Herr *Ljungberg* würde mich so schildern: Er hat kein böses Herz, er ist im äußersten Grad flüchtig und seine Maximen, die er zuweilen äußert, sind nur für eine Stunde gemünzt, in der nächsten verschlägt er sie wieder. Er hat zuweilen gute Gedanken, und er kann so ziemlich vergnügt sein, und hat es in seiner Gewalt es zu sein. Ob er wohl würklich seine Freunde liebte? Quaeritur. *Eymes* würde sich gewiß so von mir ausdrücken: Sein Herz ist gut, aber wer hätte die Streiche hinter ihm suchen sollen, wenn er zu Darmstadt mit seinen Büchern am Adler vorbei ging; doch an den Augen kann man ihm etwas ansehen. Gottlob ich kenne ihn nun, und er gefällt mir desto besser. Ein paar dumme Streiche im August 1765 hätte er weniger machen sollen. Ich weiß, Eßwein, dessen vortreffliches Herz immer für die menschliche Natur einen gehörigen Rabatt rechnet, würde vorteilhaft von mir urteilen, und ich wollte jedermann dächte von mir, so wie er, so würde ich ohne bewundert zu sein von jedermann hochgeschätzt werden.

ER BEWEGTE SICH so langsam als wie ein Stunden-Zeiger unter einem Haufen von Sekunden-Zeigern.

ABER DER HERR P. kann recht trinken, sagte neulich jemand zu mir, erst zwo Bouteillen Wein und dann 12 Gläser Punsch. Was will er damit? Wenn ich ihn anders recht verstehe, so dünkt mich ich könnte alles viel geschwinder tun, was Herr P… tut, wenn ich mir eine Pistole vor den Kopf schösse.

ICH WEISS IN der Tat nicht warum dieser Mensch noch fortlebt in der Welt, keine von den Eigenschaften, die er jetzo besitzt, darf [er] auf einen höheren Grad der Vollkommenheit bringen, eine jede würde sich im Galgen endigen.

VERNUNFT UND EINBILDUNGSKRAFT haben bei ihm in einer sehr unglücklichen Ehe gelebt.
Wer Unterricht geben will von dem kann man mit Recht verlangen, daß er alles in einem Ton sage, der zu erkennen gibt, daß er auch im Fall der Not welchen annehmen könne. Es mag nun sein was es will, billig oder nicht, Erbsünde oder Adel der Seele, genug wir lesen lieber wo wir glauben unsere Stimme sei wenigstens nötig dazu um das draus zu machen wofür es der Verfasser ausgibt, sollte es auch weiter nichts sein als ein: *Wenn Sie so glauben, so mag es denn sein.* Seine Zweifel zu sagen ist einem freigebornen Menschen erlaubt, er darf mit seinen Meinungen handeln. Wenn er seinen Handel versteht, so muß er wissen was contrebande im Lande ist, nur biete er sie solchen Leuten an, die sie brauchen können, zwinge sie niemanden auf, weder wie Mandrin mit der Pistole noch auch, wie manche Juden, durch Komplimente oder Tausch gegen abgetragene Stücke. Offen und frei getragen, wer Augen hat zu sehen der sieht, und wer Ohren hat zu hören der höret. Es ist heutzutage Mode geworden das Bücherschreiben als den Endzweck des Studierens anzusehen, daher studieren so viele, um zu schreiben, anstatt daß sie studieren sollten, um zu *wissen.* Was man nur ankauft um es bei der ersten Gelegenheit wieder anzubringen vermischt sich nie recht mit uns, und war nie *recht* unser. Der Gedanke und der Ausdruck selbst sich anderer Gedanken recht eigen [zu] machen ist schon sehr alt. Man spricht in gemeinen Stadtschulen von *in suecum et sanguinem* konvertieren, aber man gibt, ich wette, diese Redensart oft aus ohne sie zu kennen, man würde sonst nicht so oft Sätze dazu vorschlagen aus denen sich die gesundeste Seele so wenig einen moralischen Chylus bereiten kann, als unser Magen einen aus Feuersteinen.

ES IST EINE Frage, welches schwerer ist, zu denken oder nicht zu denken. Der Mensch denkt aus Trieb, und wer weiß nicht wie schwer es ist einen Trieb zu unterdrücken. Die kleinen Geister verdienen also würklich die Verachtung nicht, mit der man [ihnen] nun in allen Landen zu begegnen anfängt.

UM ZU MACHEN, daß man sich in einer einmal angefangenen Ironie erhält, ist es gleich von Anfang gut dem Ganzen eine Hauptwendung zu geben, das Ganze kann eine Verteidigung eines an sich schlechten Dinges, eine Lobrede auf einen an sich schlechten Mann sein, dieses muß nicht einen Augenblick aus dem Gesicht verloren werden sobald man es einmal darein gefaßt hat, alles muß eine entfernte Beziehung wenigstens auf diese Absicht haben. Spott wird erhalten, wenn man ganz an sich bekannte, allgemein zugegebene Dinge mit Umständen beweist bloß um Gelegenheit zu haben neue lächerliche Seiten von dem Dinge anzugeben, und umgekehrt wenn man Dinge als bekannt annimmt die allgemein widersprochen werden. Das Ganze muß ein angenommener Ernst sein, und den nichtswürdigsten Kleinigkeiten muß ein Ansehen von Wichtigkeit gegeben werden, als wenn der Wert der ganzen Sache und Glück und Seligkeit davon abhingen.

EINE Gedanken fliehende Kraft.

VENUS ANADYOMENE. Die Venus wie sie aus dem Wasser, oder J... wenn sie des Abends aus dem letzten Röckgen heraussteigt, welche ist schöner?

ICH WÜNSCHTE MIR bloß ein König zu sein um mit meinen geringen Talenten L der Große [zu] heißen.

ZWISCHEN WACHEN UND Traum, auch bei der herannahenden Gottheit des Bacchus, nimmt oft die Erinnerung längst vergangener Wollust einen ganz himmlischen Schwung in unsern Seelen.

DIE SCHEIDEWAND ZWISCHEN Vergnügen und Sünde ist dünne, daß sie der Strom des langsamsten Blutes im Siebenzigsten in Stücken drückt. Was? Will denn die Natur was sie nicht will? Oder denkt die Vernunft was sie nicht denken kann? Du Narr! Weg mit dieser verfluchten Demokratie wo alles das Wort führen will. Wenn ich will, soll eine uneinheimische, eingeführte nichtswürdige Sentenz aufsteigen und Fleisch und Blut Trotz bieten? Eine Sentenz Herr von diesem festen stäten Hang eines ganzen Systems zur Wollust? Ja werfe einem hungrigen Volk einen Zwieback zu und befriedige es oder halte die Flut mit einem Fächer auf. Sünde, was Sünde – dreitausend Stimmen gegen eine, es ist nichts. Eine Schuldistinktion oder Priester-Betrug. So – hier steh ich fest, und dieses bin ich. Seid was ihr wollt, wohlan.

ICH FAND IHN in seiner Stube, die Hose bis an die Knie herunterhängend und mit einem Messer in der Rechten, jedermann, der ihn so gefunden haben würde, würde geglaubt haben er wolle sich kastrieren, er hatte eben die Hosen die ihm geplatzt waren mit einem langen Bindfaden zugebunden, den er beschäftigt war abzuschneiden.

TRINKEN πιειν HEISSE ich hier überhaupt mit offenen Sinnen und zur guten Stunde einen Zug tun der mit einer solchen Zauberkraft auf unser Innerstes auffallt und alle Seelenkräfte zu einem Freudenfeste versammelt bei dem die strengste Vernunft Feier-Abend macht; es geschehe nun dieser Zug aus der Bouteille (welches die eigentliche Bedeutung des Worts ist) oder beim Mondenlicht aus einer mit Blütengerüchen geschwängerten Luft, ganz allein, wie Agathon, ehe ihn Danae in Dienste nahm, oder in Gesellschaft wie er bald hernach Gelegenheit hatte. Daher nenne ich Rausch den Zustand sanfter Empfindlichkeit, in welchem jedem äußern Eindruck neue unaussprechliche Gedanken korrespondieren, oder jeden Zustand wollüstiger Ruhe, der nicht sowohl die Würkung einer verdauten Philosophie, als vielmehr eines glücklichen ungefähren Zugs (§ 1.) ist.
Tausend Menschen sterben jährlich bloß weil sie nicht dursten konnten, ohne doch jemals nur einen Tropfen auf diese Art getrunken zu haben, so wie es ehrliche Väter von 10 Kindern gibt die nie die Liebe geschmeckt haben.

NUN LIEBSTER IHRE Hand. – – Ihren Mund – so, nächstens mehr. Leben Sie wohl.

UNSER FETTER BACCHUS, der seine dicken Schenkel über ein Faß geschlagen in der Rechten sein Baßglas hält, muß wieder zu jenem sanften Gott der Alten zurückgebracht werden.

ES GIBT WOHL wenig Namen, die so sehr verdienen in dem Tempel des guten Geschmacks aufgestellt zu werden, während als sie der Henker mit gleichem Recht an den Galgen schlägt, als der Name des englischen Junius. So viel Bosheit bei so viel attischem Witz, verabscheuungswürdige Beleidigung der Majestät in einem beneidenswerten Ausdruck, Kenntnis des Menschen auf die ruchloseste Art zu Kränkung ihrer Rechte gemißbraucht, alle Zaubereien der Beredsamkeit aufgeboten ein Gespenst seiner Vorstellungen, den Despotismus, zu verbannen, einen Eifer für die Constitution der, wenn er allgemein werden sollte, ihren Untergang unvermeidlich machen würde, dieses charakterisiert die Briefe dieses in allem Betracht außerordentlichen Mannes.

ES HAT SCHON verschiedene Gelehrte gegeben, die es eingesehen haben, daß die eigentliche höhere oder abstrakte Vernunft, eine dem Menschen ganz unnatürliche Sache, und die Gelehrsamkeit eine wahre Krankheit des Menschen sei.

DER ENTSCHLUSS SICH zu töden setzt allemal zween Augenblicke voraus, da man verrückt ist, einen, worin man ihn faßt, den andern, worin man ihn ausführt.

DAS BIER IST ein fließendes Brod.

EMPFINDUNGEN DIE ZWAR sehr fein und platonisch sind, jedoch schon außerhalb der Grenzen der Kastraten-Empfindungen fallen.

IHR DIE IHR so empfindsam von der Seele eurer Mädchen sprechen könnt, ich gönne euch diese Freude, glaubt aber ja nicht, daß ihr so was Erhabenes tut oder sagt, oder dünkt euch nicht edler als der Pöbel, der gewiß so gar unrecht nicht hat sich hauptsächlich an den Körper zu halten. Was doch ein junger Rezensionen-Leser für eine Idee von einem so feinen Sentiment hat! Der Bauerknecht schielt nach dem Unterrock-

Schlitz und sucht den Himmel dort, den du in den Augen suchst. Wer hat recht? Ich wäge keine Gründe in dieser Frage und noch viel weniger entscheide ich sie, aber raten will [ich] es aus treuem Herzen allen empfindsamen Kandidaten, daß sie sich mit dem Bauern setzen, es könnte sonst auf verdrießliche Weitläuftigkeiten hinauslaufen.

DIE MÄDCHEN HÖREN euch vielleicht gerne zu, wenn ihr auf euren Lauten eure Phantasien vorklimpert, wenn es ihnen aber zu tun ist zwischen Geist und Fleisch Friede zu stiften, so werdet ihr nie zum Kongreß gelassen.

DER WITZIGE KOPF und mittelmäßige Denker wird bei gewissen Begebenheiten immer auf gekünstelte Erklärungen verfallen, auf die niemand geraten kann, als er, weil er ohne Plan und Absicht denkt, der verständige Mann immer nahe und simple Ursachen angeben. Dieses ist nicht zu vergessen, wenn ein solches Paar aufgeführt werden soll, dem ersten sind weithergeholte und seiner Meinung nach subtile Erklärungen eben so natürlich, als seine witzigen Gedanken und epigrammatischen Perioden.

ICH WILL DIR keinen Schatten machen kleines Tierchen (es war eine Spinne), die Sonne gehört dir so gut als mir.

UNSERE GELEHRTEN VERFALLEN in den Fehler der Krämer in den kleinen Städten, sie kaufen nicht an der Stelle, wo es wächst, sondern lassen sich es lieber erst von einem Engländer oder Franzosen vorsagen. Das ewige Unsern-Lands-Leuten-bekannt-Machen, warum suchen wir unsern Landsleuten nicht den Geist einzuprägen selbst zu versuchen, und immer auf das Bessermachen zu denken?

MAN KÖNNTE AUCH leblose Dinge unter sich korrespondieren lassen. Schreiben des Göttingischen Quadranten an seinen Bruder in Greenwich. 2) eines Fußschemels an einen Armsessel. Geheime Unterredung eines Dintenfasses mit einer Sandbüchse, ihre Philosophie über die benachbarten Gegenstände.

ES GIBT 100 Witzige gegen einen der Verstand hat, ist ein wahrer Satz, womit sich mancher witzlose Dummkopf beruhigt, der bedenken sollte, wenn das nicht zuviel von einem Dummkopf gefordert heißt, daß es wieder 100 Leute, die weder Witz noch Verstand haben, gegen einen gebe, der Witz hat.

GIB MEINEN GUTEN Entschlüssen Kraft, ist eine Bitte, die im Vaterunser stehen könnte.

WIR PROTESTANTEN GLAUBEN nunmehr in sehr aufgeklärten Zeiten in Absicht auf unsere Religion zu leben. Wie wenn nun ein neuer Luther aufstünde? Vielleicht heißen unsre Zeiten noch einmal die finstern. Man wird eher den Wind drehen oder aufhalten können, als die Gesinnungen des Menschen heften.

DIESES IST DEM Menschen so natürlich als das Denken, oder das Werfen mit Schneebällen.

BEI EINEM KLEINEN Werkchen denke ich immer, das ist nur ein Späh-Büchelchen, wodurch er Ankergrund für ein größeres suchen läßt.

DEN BÄRTIGEN KOMMT dieses freilich anders vor.

EINE HAUPTREGEL FÜR Schriftsteller, zumal solche, die ihre eigne Empfindungen beschreiben wollen, ist: Ja nicht zu glauben, daß, weil sie solches tun, dieses bei ihnen eine besondere Anlage der Natur dazu anzeige. Andere können dieses vielleicht ebenso gut als du. Sie machen nur kein Geschäfte daraus, weil es ihnen einfältig vorkommt solche Dinge bekannt zu machen.

WENN DIE GESCHICHTE recht nützlich sein sollte, so müßten große Männer ihre eignes Leben recht unparteiisch beschreiben, dazu gehört freilich viel Entschließung. Lief doch Bolingbroke am hellen Tage nakkend durch den mit Menschen angefüllten Park in London. Man würde in einzelnen Fällen weiser werden und im ganzen von seiner Hochachtung gegen das menschliche Geschlecht nichts verlieren, wie viel angebetete Bösewichter aber auch wieder unter den öffentlich Verworfenen Rechtschaffene entdecken. Oft würde Müßiggang zu Kaltblütigkeit, Freundschaft zu Interesse, Wohltätigkeit zu Leichtsinn, Gütigkeit und Gesetzmäßigkeit zu weichlicher Freiheit und Strafenfurcht werden, hingegen auch wiederum Steifsinnigkeit zu Standhaftigkeit, Eigensinn zu Treue, Geiz zu Vorsichtigkeit, Strenge zu Gerechtigkeit. Was würden sich da die Menschen ihrer Meinungen schämen. So etwas sollte man immer fürchten, wenn man von Menschen urteilt. Man bleibe ja bei den Taten stehen und betrachte sie bei kaltem Blut, eher zum Besten als zum Übelsten geneigt, da noch kein Mensch erwiesen hat, daß die Menschen eher schlimm als gut seien.

WENN ICH DIESES Buch nicht geschrieben hätte, so würde heute über 1000 Jahre abends zwischen 6 und 7 z. E. in mancher Stadt in Deutschland von ganzen andern Dingen gesprochen worden sein, als würklich gesprochen werden wird. Hätte ich zu Vardöhus einen Kirschkern in die See geworfen, so hätte der Tropfen Seewasser den Myn Heer am Kap von der Nase wischt nicht gnau an dem Ort gesessen.

BEI ANDERN NATIONEN da will ich es noch gelten lassen, da kann einer ein großer Mann und ein schlechter Schriftsteller zugleich sein. Wer etwas Nützliches so verrichtet daß es wohl ein anderer bleiben lassen muß ihm nachzutun, ist da ein wackrer Mann, und wenn er Genie mit einem Sch. schriebe. Aber in Deutschland, wo Stil das Maß von Verdienst und Würdigkeit, und so auf und ab auch von Ehrlichkeit geworden ist, wo die Pferde-Philister wissen was Parenthyrsus und Clinquant du Tasse ist und beim Branntewein über französischen Zindel und griechische Stoffe sich einander in den Haaren liegen; wo die Kringeljungen der Schnaken wegen Rezensionen lesen, wo, Kerl du bist ein Schmierer, so viel sagt als in Arabien Dreck auf deinen Bart, wißt ihr wohl was in dem Land ein schlechter Schriftsteller ist? Ein schlechter Schriftsteller ist ein vogelfreier, ehrloser Schandbalg, dem jeder Rezensent oder sein Waffenträger im Vorbeigehen seine Nußschalen ins Gesicht wirft, oder seine Pritsche um die Ohren haut, den man in Journalen beschreibt austrommelt und Hohn bellt und in kleinen Zeitungen Hohn zwitschert. Es ist mir für gewiß erzählt worden, daß in einem gewissen Stockhause, worin eine gelehrte Zeitung gehalten wird und wo man sich gewisser Ursachen halber, über die sich viel Lehrreiches sagen ließe, nicht gern Beutelschneider, Dieb und Spitzbube schilt, die Gefangnen sich in der Hitze oft Skribbler, Bav, Mäv, Bombastkollerer und Tändeleienzwitscherer schelten sollen. (Wenn einer an einem Sonntage seinem Kameraden, der auf der Streu ausgestreckt liegt, mit der flachen Hand eins aufgibt, so heißt er ein Naturalist)

WENN ER EINE Rezension verfertigt, habe ich mir sagen lassen, soll er allemal die heftigsten Erektionen haben.

GEGEN die Lotto's.

ER PFLEGTE DAS die Abweichung der Leidenschaften zu nennen, wenn er etwas mit Hitze wollte, was unter oder über das Maximum der bürgerlichen Glückseligkeit fiel.

Insul Zezu.

DIE INSUL IST deswegen so lange unbeschrieben geblieben, weil wegen der närrischen Sitten der Einwohner die Verleger überall auf die Gedanken gerieten, es sei eine Satyre auf die Länder worin sie lebten. Daß es Teile des Leibes gibt von denen man nicht gerne schreibt, laß ich gelten. Wer hätte aber glauben können, daß es solche Länder gäbe?

DIE KOMÖDIE BESSERT nicht unmittelbar, vielleicht auch die Satyre nicht, ich meine man legt die Laster nicht ab, die sie lächerlich macht. Aber das können sie tun, sie vergrößern unsern Gesichtskreis, vermehren die Anzahl der festen Punkte aus denen wir uns in allen Vorfällen des Lebens geschwinder orientieren können.

WAS SIND UNSERE Gedanken und Vorstellungen, die wir wachend haben, anders, als Träume, wenn ich wachend an meine verstorbene

Freunde gedenke, so geht die Geschichte fort ohne daß mir nur einmal einfällt sie seien tod, so wie im Traum, ich stelle mir vor ich hätte das große Los gewonnen, in dem Augenblick habe ich es, der hinten drein kommende Gedanke, daß ich es nicht gewonnen habe, wird erst hinten angetroffen als eine Urkunde zum Beweis des Gegenteils. Der würkliche Besitz eines Guts gewährt uns zuweilen Vergnügen die nicht stärker sind als die uns die bloße Vorstellung, wir besäßen es, gewährt. Unsere Träume können wir sanfter machen, wenn wir des Abends kein Fleisch essen, aber die andern: – –

ICH HABE BEMERKT, daß zwar jetzt eine gewisse Freigeisterei unter jungen Leuten einreißt, die mit der Zeit üble Folgen haben [kann], aber so viel ist gewiß, es hat sich doch ein gewisses Wohlwollen unter eben diesen Leuten ausgebreitet. Man findet viel Mitleiden, Bescheidenheit pp. unter ihnen.

GOTT SCHUF DEN Menschen nach seinem Bilde, sagt die Bibel, die Philosophen machen es grade umgekehrt, sie schaffen Gott nach dem ihrigen.

WENN EIN BUCH und ein Kopf zusammenstoßen und es klingt hohl, ist das allemal im Buch?

DIE SONDERBAREN REVOLUTIONEN im Reiche der Autoren schreibe [ich] zum Teil unserer verkehrten Erziehung und zum Teil den häufig wehenden Nordwestwinden zu.

WENN DER DEUTSCHE eine Maschine erfindet, wer gibt ihm was dafür? Es ist schon sehr viel wenn ein gnädiger Kammerdiener das Modell untertänigst vorzuzeigen verspricht von dessen Kindern es hernach mit der heiligen Christ-Ware ein Schicksal hat Bücher werden noch so ziemlich abgesetzt, aber unsere Produkte können wir doch noch nicht mit Vorteil außer Land führen.

BEMÜHE DICH, NICHT unter deiner Zeit zu sein.

DIE VERFASSER DER Zeitungen und Monatschriften lassen sehr weislich gegen das Ende etwas nach und schreiben schlechter, um die Leser endlich an den gänzlichen Verlust zu gewöhnen, das hätte man ja schon daraus schließen können, daß sie allemal bald hernach ganz aufhören.

IN DER REPUBLIK der Gelehrten will jeder herrschen, es gibt da keine Aldermänner, das ist übel, jeder General muß so zu reden den Plan entwerfen, Schildwache stehen und die Wachtstube fegen, und Wasser holen, es will keiner dem andern in die Hände arbeiten.

ES GIBT EINE gewisse Art von gekünsteltem Unsinn den der Halbköpfige leicht für tiefe Weisheit, ja wohl gar für ein Weben des Genies hält, erstimulierte Ausbrüche eines fundamentlosen Enthusiasmus, ein fieberhaftes Haschen nach Originalismus ohne Richtigkeit der Empfindung, in welchem der Frankfurter Rezensent oder der Primaner aller Orten shakespearische Inspiration zu wittern glaubt, das Rauschen von Libanons ewiger Zeder, die donnernden Tritte des Würg-Engels, und den Klang der Posaune des letzten Tages hört. Es ist nichts. Fünf gegen eins, der Mann der es geschrieben hat ist ein Tropf, der mehr scheinen will als er ist, und damit ist seine arme Seele für den Ruhm der Nachwelt hin als hätte sie das Licht nie gesehen oder den Satz des Widerspruchs nie gedacht.

WENN EIN WERK auf die Nachwelt kommt, und daran kann es ihm nicht fehlen, wenn es ein Dutzend neue und nützliche Wahrheiten gut vorgetragen enthält, und mit messingnen Ecken und Krappen gebunden wird.

MIT EINER HAND von Menschenliebe geleitet und einer Feder in die sanfteste Milch der Züchtigung getaucht ist nachstehendes Werkchen von Anfang zu Ende von mir geschrieben worden. Unschuld leiden zu sehen, ich meine nicht die dem Henker übergebene, wenn sie unter dem Galgen schmachtet, oder in einer Marterkammer winselt, sondern schon die tückisch bewitzelte, die so genannte aufgezogene Unschuld ist für mich seit jeher eine Art von Schmerz gewesen, gegen den ich keine Mittel kenne als ein laut ausgesprochenes unerschrocknes *erst mich dann sie.*

DER PLAN DER neuen Satyre kann der werden: Deutschland hat so lange nach Original-Köpfen geseufzt und jetzt, da sie allein am Musen-Almanach zu Dutzenden sitzen, die Gelehrten-Zeitungs-Comptoire und jeder Rezensent seinen aus dem Ton *Bedlam* anfängt, da klagt man überall über die Original-Köpfe, kein Mensch ginge mehr wie unter Franz dem Ersten, der eine hinkte, der andere affektiere ein steifes Knie, der dritte schlüge ein Rad, der 4te Purzelbäume, der fünfte ginge auf Stelzen, der sechste mache den Hasentanz, der siebente hüpfte auf einem Bein, der achte rollte, der neunte reite sein spanisch Rohr, der zehnte ginge auf den Knien, der elfte krieche und der 12te rutsche. Ich hätte es den Original-Köpfen vorher sagen wollen, und ich rate es allen denen die es werden wollen, so zu bleiben wie sie sind. Ich habe das immer gemerkt, daß man mit unserm einfältigen Publikum so am weitesten kommt. Ich wollte einmal sehen, wer mir was sagen will, wenn ich bin was ich bin, so mögte ich einmal den sehen, der mir sagen will, was ich sein soll, den sollte der Henker holen, bist du denn ein Haar mehr? Aber wenn ich originell schreibe z. E. in synkopischen Sentenzen, fluche und schimpfe wie Shakespear, leire wie Sterne, senge und brenne wie Swift, oder posaune wie Pindar, meint ihr daß ihr Dank verdienen würdet; Ich will damit nicht sagen was die Leute tun würden, wenn ihr wirklich schriebt wie Shakespear, Sterne, Swift und Pindar, da finde sich wohl hier und da noch ein ehrlicher Mann der ein Einsehen hätte, aber mit Fluchen und Schimpfen, Leiern Sengen Brennen und Posaunen richtet ihr in [Ewigkeit] gegen diese Leute nichts aus.

Ich weiß nicht, ob ich lebhafter empfinde als andere Menschen, ober ob ich weniger Unrecht leiden kann, oder ob ich meiner kurzen Statur wegen, da das Blut noch ganz heiß ist, wenn es vom Herzen nach dem Kopf kommt, geschwinder Schlüsse ziehe, aber mich dünkt, es ist um alle deutsche Autoren-Freiheit schlechterdings und unwiederbringlich geschehen, wenn wir noch zwei Messen dem zügellosen widersinnigen Geschrei des deutschen Publikums Gehör geben, das doch am Ende weiter nichts als Braunkohl und Rheinwein [will]. Vor der Schlacht bei Roßbach fehlte es den Faulenzern an Romanen; wir lesen die englischen Romane, so daß wir alle Straßen in London wissen, und [den] Galgen zu Tyburn so gut kennen als den unsrigen, wir äugeln im Park und treiben der Henker weiß was in Coventgarden, und so geben wir ihnen einen Roman. Nun hat das Kind einen Roman. Wir wollen deutsche Original-Charaktere hinein. Original-Charaktere? Geht hin – ich hätte bald etwas gesagt – geht hin, sagt das erst den Leuten, die die Kinder zeugen, und denen die sie beherrschen wenn sie groß sind, und nicht uns. Nun gut, so gebt uns Gedichte. Wir geben einen Zoll breite und 6zöllige, wie sie sie haben wollen, zu Zentnern. Die Buchstaben wollen ihnen nicht gefallen, gut wir nehmen lateinische, und einige Spottvögel nahmen damals zugleich blaue und rote Farbe. Dann schmeckte die Art zu servieren, aber das freut mich, ein Spottvogel hängt an jedem politischen Zeitungsblatt, und ein anderer machte sogar Tapeten und Fidibus und Almanach der Musen und nun fehlten nur noch Sinustafeln der Musen. Aber was tat das Publikum, war es zufrieden? O in Ewigkeit nicht. Es wurde nur gröber und ausschweifender in seinen Forderungen und dachte mit einer einzigen unserer Republik auf einmal die Bank zu sprengen. Es verlangte Original-Genies und Original-Werke, aber das war grade der Platz wo wir sie erwarteten, und es ist ein betrübter Beweis, wie unerfahren der deutsche Leser in der Kenntnis seines eigenen Landes ist, immer mit den Augen jenseits des Rheins oder jenseits des Kanals sieht er nicht worauf er tritt. Ich habe seit jeher geglaubt daß unter allen Nationen in Deutschland die meisten Original-Genies marschfertig lägen, weil sie aber nicht verlangt wurden, so lebten sie und schrieben so fort wie wir gemeinen Schriftsteller von der Linken zur Rechten und von Empfindung und Gedanken zum Ausdruck immer in der kürzesten Linie wie unsere Väter, allein kaum war das Wort gegeben, wer original schreiben kann, der werfe seine bisherige Feder weg, als die Federn flogen wie Blätter in dem Herbste. Es war eine Lust anzusehen, 30 Yoricke ritten auf ihren Stecken-Pferden in Spiralen um ein Ziel herum das sie den Tag zuvor in einem Schritt erreicht hätten, der der sonst beim Anblick des Meeres oder des gestirnten Himmels nichts denken konnte, schrieb Andachten über eine Schnupftabaks-Dose. Shakespear stunden zu Dutzenden auf, wo nicht allemal in einem Trauerspiel, doch in einer Rezension. Da wurden Ideen in Freundschaft gebracht die sich außer Bedlam nie gesehen hatten; Raum und Zeit in einen Kirschkern geklappt und in die Ewigkeit verschossen, und das hieß eins, zwei, drei. Da geschahen tiefe Blicke in das menschliche Herz (oft ohne Leuchte), man sagte seine Heimlichkeiten und so ward Menschenkenntnis, selbst draußen in Böotien entstund ein Shakespear, der wie Nebukadnezar Gras statt Frankfurter Milchbrod fraß, und durch Prunkschnitzer sogar die Sprache originell machte. Niedersachsen summte seine Oden und hing sich die summenden Könige an zu summen und zu stechen, sang mit offenen Naselöchern und voller Gurgel Patriotismus und Sprache und ein Vaterland, das sie zum Teufel wünscht. Da erklangen Lieder und Romanzen, die es mehr Mühe kostete zu verstehen als zu machen. Kurz die Originale waren da und das Publikum, was sagte das? Erstlich beschämt über die unerwartete Menge stutzte es, und [dann] deklarierte es feierlich, das wären keine Originale, das wären Dichter aus Dichtern und nicht Dichter aus Natur, die meisten kennten die Welt so wenig als die Welt sie, das Kapital werde nicht vermehrt, sondern nur die Sorten verwechselt, bald Kupfer in Silber und bald Silber in Gold umgesetzt usw. Hier haben wirs nun Freunde. Mich dünkt, unsere Sache ist jetzt zu klar als daß es nötig wäre lang zu überlegen was zu tun sei. Gesetzt auch wir gehorchten ihnen, unsere Original-Schriftsteller ließen diese Original-Köpfe fahren und versuchten mit N° 2, so würden wir dieselbe Antwort erhalten, und gesetzt sie träfens, so wären unterdessen die Herrn müde und wollten wieder etwas Neues. Kurz heut gebrochen ist besser als morgen. Es ist klar, sie wollen uns nur herumziehen wie die Bostonianer das Parlament, bis bei schwächern Nachkommen die jetzt noch biegsame Gewohnheit zu einem Gesetz verhärtet, das uns Schriftsteller zu Hofnarren des deutschen Publikums macht. Also nicht weiter jetzt. Ich sage, ihr habt Original-Köpfe verlangt, da sind sie zu Tausenden. Es wimmelt. Ihr erkennt sie nicht und ich spreche mit freier Stirn, ich erkenne sie dafür, mein Wort ist: *Erst mich dann sie* und nun trette auf den Sand wer will (Gunkel muß hinein. Das ewige was Shakespear und nicht Shakespear).

DIE HAUPTWENDUNG MUSS in dem Werk bleiben eine Verteidigung der Schriftsteller-Rechte gegen das lesende Publikum. Ihr wollt haben wir sollen schreiben wie die Griechen, und ihr mit eurer Bezahlung wollt immer alte Deutsche bleiben. Macht ihr den Anfang und setzt uns Ehrensäulen, so wollen wir mit unsern Iliaden schon zu seiner Zeit herausrücken. Aber, immer fordern, immer auf Konto, und immer die Bezahlung aufgeschoben, das schmeckt freilich vortrefflich. Hätte ich aber etwas zu sagen, so wüßte ich wohl was ich täte, bei jeder Messe müßte gegen einen Ballen Bücher, den wir der Welt liefern, die Welt angehalten werden uns eine Ehrensäule abzuliefern, und hätte man deren eine Quantität beisammen, so würden sie auf dem Landtage ausgespielt, und dann vom Steinhauer gehörig beletttert, beziffert und gesetzt. Dieses wäre das beste wo nicht das einzige Mittel, so wie wir und ihr jetzt gegen einander überstehen mit ausgestreckter nehmender und beigezogener gebender Hand, meine lieben Freunde, so können wir gegen einander überstehen, bis die Geschichte ihre Bücher schließt. Das heißt selbst in unsrer Etiquetten-Insul die Etiquette zu weit getrieben. Ihr solltet nur einmal englische Gelehrte sehen, wie es die machen und sichs machen lassen. Die sitzen am Tische, so fett und so rund, essen und trinken sich einen Westenknopf nach dem andern aus dem Knopfloch, und wann sie das lange genug getrieben haben, so strecken sie sich in Westminster Abtei mit unter den Königen auf ein marmornes Postament hin und lassen das Publikum, über das sie sich noch dazu im Leben meistens lustig gemacht haben, für die Unkosten sorgen. Und das ist recht. Denn wer seid ihr denn; Sagt. Wer stempelt denn die meisten Entréebillets zur Ewigkeit, wir oder ihr? Und am Ende daß ich es grade heraussage. Wenn ihr nicht wollt, so brauchen wir euch nicht und fahren fort wie bisher und gehen ohne euer Zutun in die Ewigkeit. Das müßte nicht rechtlich zugehen, wenn ein Buch, das gut geschrieben ist, ein paar Dutzend neuer und nützlicher Wahrheiten enthält, in messingne Ecken und Krappen gebunden und alle Monate einmal gelüftet wird, nicht so weit reichen sollte, als euer Klingelbecher oder euer Blankenburger.

ER PFLEGTE DAMALS echte griechische geschnittene Steine für die jungen Altertums-Kenner zu verfertigen. Wenn Praxiteles jetzt lebte, so hätte er ihn zum Gesellen angenommen.

ICH KANN IN der Welt nicht begreifen, was wir davon haben, den Alten so bei jeder Gelegenheit gleich den Bart zu streicheln, danken können sie es uns nicht, und aus den breiten und niedrigen Stirnen und den trotzigen Gesichtern zu schließen, worüber sich jeder deutsche Pitschierstecher aufhält, würden sie nicht einmal, wenn sie könnten. Es ist fürwahr eine mächtige Ehre für uns alte Studenten, daß es vor zweitausend Jahren Leute gegeben hat, die gescheuter waren als wir. Meint ihr vielleicht wir lebten noch in den Zeiten, wo die größte Weisheit in dem Bewußtsein bestund, daß man nichts weiß? Auf das Kapital borgt man euch keinen Magistertitul, so wenig als auf den Reichtum der in der Armut besteht einen Groschen. Nein Freunde, die Zeiten haben wir verschlafen. Diese Sätze sind heutzutage nichts weiter als schöne

Nester von ausgeflogenen Wahrheiten. In den philosophischen Kunstkammern gehen sie mit, in die Haushaltungen taugen sie nicht einen Schuß Pulver. Eine herrliche Ehre heutzutage überzeugt zu sein, daß man nichts weiß. Ihr könnt schon daraus sehen, daß der Satz unmöglich mehr gelten kann, oder eure Klagen über die gegenwärtigen Zeiten sind noch in einem andern Betracht widersinnig. Das könnt ihr nicht leugnen, daß wir heutzutage mehr Leute haben, die nichts wissen, und die einfältige Überzeugung davon ließe sich ihnen bald beibringen.

ES IST DER Ordnung der Natur sehr gemäß, daß zahnlose Tiere Hörner haben, was Wunder wenn es alten Männern und Weibern öfters so geht?

DIE KAUFLEUTE HABEN ihr Waste book (Sudelbuch, Klitterbuch glaube ich im Deutschen), darin tragen sie von Tag zu Tag alles ein was sie verkaufen und kaufen, alles durch einander ohne Ordnung, aus diesem wird es in das Journal getragen, wo alles mehr systematisch steht, und endlich kommt es in den Leidger at double entrance nach der italiänischen Art buchzuhalten. In diesem wird mit jedem Mann besonders abgerechnet und zwar erst als Debitor und dann als Creditor gegenüber. Dieses verdient von den Gelehrten nachgeahmt zu werden. Erst ein Buch worin ich alles einschreibe, so wie ich es sehe oder wie es mir meine Gedanken eingeben, alsdann kann dieses wieder in ein anderes getragen werden, wo die Materien mehr abgesondert und geordnet sind, und der Leidger könnte dann die Verbindung und die daraus fließende Erläuterung der Sache in einem ordentlichen Ausdruck enthalten.

DER PORTER IST der Tröster des gemeinen Volks, er macht daß sie weniger über das Wort Freiheit nachdenken, und selbst die Taxe weniger fühlen, die man auf ihn gelegt hat.

Die Sterblichkeit in London ist so groß, daß keine von Simpson's und Moivre's Regeln darauf angewendet werden kann, dafür lebt man aber auch geschwinder, man genießt mehr Vergnügen in einem Tag als an andern Orten in einer Woche. Wenn sich die Politur einer Nation verhält wie die Verschiedenheit der Physiognomien in derselben, so ist England die polierteste Nation, die ich kenne.

Damals als Wilkes mit der Petition nach dem König fuhr, sah ich einen Kerl der sich auf den Vorsprung einer Mauer gestellt hat[te], hier mußte er sich sehr gut balancieren, wenn er nicht fallen wollte, und seine Arme dichte an der Wand, so wie seinen Kopf und Rücken halten. Als Wilkes kam, und er seinen Hut schwingen wollte, so läßt sich nicht beschreiben, wie lächerlich die beiden einander aufhebenden Bemühungen des Kerls sich in seinem Balancement äußerten, die nicht von der Mauer unter den Haufen zu fallen, wo er weder sehen noch gesehen werden konnte, und die Wilkes zu Ehren seinen Hut zu schwingen.

Ein Sentiment auf dem Theater in London, zumal wenn es Großmut oder Erkenntlichkeit in dem Manne, der es äußert, verrät, wird allemal mit größerem Beifall von dem gemeinen Volk aufgenommen, als eine Zote.

John Bull's ist der Charakter der Engländer.

Mervin Lord Audley war es, der seine Frau und Tochter von seinem Bedienten notzüchtigen ließ, und die erstere selbst hielt, während als der Kerl die Tat verrichtete, die letztere aber die nur 12 Jahr alt war mit Öl an der Stelle schmierte, wo der Kerl hinein wollte, bis es ihm gelung. Er ward im Jahr 1631 im April deswegen zum Galgen verdammt, nach der Hand aber enthauptet. Man siehe Trials for High-Treason and other crimes Tom. I. p. 168. Dieses Verhör verdient gelesen zu werden.

William Prynne ist der Verfasser des Histriomastix. Er mußte am Pranger stehen, verlor beide Ohren, Oxford wo er einen Gradum angenommen hatte degradierte ihn wieder, ferner wurde ihm eine Strafe von 5000 Pfund auferlegt, und [er] auf ewig festgesetzt.

Herr Rousse, Prediger zu Clophill in Bedfordshire, mein sehr guter Freund, ist ein wahrer Charakter. Über 74 Jahr alt, und munter wie ein Mann von 30, oft mutwillig, laudator temporis acti zwar, aber mit so viel Laune, daß man ihm Beifall geben muß.

Maccaroni nennten sich ehmals die Glieder eines gewissen Ordens, so wie jetzt es Lazzaroni gibt, die Scavoir vivre, oder ehmals die kit kat. Man leitet es aus Scherz von μῆκάρισς und ὄνος her.

Acht Meilen von Oxford lebt noch jetzt ein Geistlicher (Edward Lewis) der etliche achtzig Jahr alt ist. Dieser Mann hat [seit] seinem 30. Jahr nichts anders getrunken als Wasser und glaubt daß dieses der Weg zur Tugend sei. Er predigt diese Lehre jedermann, und ich habe einen Brief von ihm gesehen, den er im Jahr 1759 an einen seiner Freunde schrieb, der dem Trank ergeben war, der mir außerordentlich gefallen hat, Ausdruck und Wendung zeigten außer den gut gewählten Gründen, daß Mr. Lewis ein Mann von Geist ist. Er liest beständig und sehr geschwind, weil er ununterbrochen liest. Zweimal die Woche geht er nach Oxford, wo er gewöhnlich ankommt, ehe die Jugend aufgestanden ist, geht auf ein Kaffee-Haus und liest alle Zeitungen, die er findet, und geht nach Endigung dieses Geschäftes gleich wieder zurück. Er trägt jedes Kleid drei Jahre. Das erste Jahr als sein Staatskleid und bei besondern Gelegenheiten, das 2te Jahr wird es das Alltagskleid, im dritten wird es gewendet und dann erscheint es noch einmal vielleicht als Futter. Er ist sehr lang, trägt starke Schuhe und blaue wollene Strümpfe. (Sir Francis)

Ich habe in England bald wie ein Lord und bald wie ein Handwerks-Pursche gelebt.

Ein englischer Bauer, der ein geborner Rechner war, zählte einmal die Worte in einer Komödie in welche man ihn zum Zeit vertreib geführt hatte.

WITZIGE SCHRIFTEN WOLLTEN sie. Da regnete blitzte und hagelte es Epigramme. Wißt ihr was die Antwort war? die alte ausgepeitschte Sentenz es gäbe hundert Witzige gegen einen der Verstand hätte. Wer konnte es alsdann den Spottvögeln verdenken, von denen es in Deutschland wimmelt, wenn sie die Welt mit verständigen Schriften anfüllten, ich meine mit solchen in welchen kein Gran von Witz anzutreffen ist, daher nahm die verständige Komödie ihren Ursprung, die verständige Farce, unsre verständige Satyre, ja man machte sogar verständige Wortspiele.

ICH WEISS NICHT mehr recht wo ich es gehört habe, aber gehört habe ichs, daß man seit einiger Zeit unter den Fuhrleuten, die zwischen Frankfurt und Leipzig fahren, etwas von dem poetischen Geist bemerkt, der unter den spanischen Eseltreibern so sehr gemein ist. Man hat mir sogar Proben erzählt. Es war ein Lied auf einen Wagen der stecken geblieben war. Ich erinnere mich nur einiger Zeilen daraus, die den Leser gewiß begierig auf das Ganze machen werden.

Da staken wir, und staken wir
Und staken wir in Sachsen
Im Dreck bis an die Achsen
So fest wie angewachsen.

Es ist zu verwundern, daß unsere Postillionen nicht auf etwas Ähnliches verfallen, da sie gemeiniglich Talente zur Musik besitzen. Man sollte daher fast schließen, daß poetisches Talent in Deutschland nicht einheimisch sondern eingeführt sei, und daß den Thüringer Fuhrleuten vielleicht irgend wo einmal Baretti in die Hände gefallen sein müsse, da sie denn nicht sowohl aus Anlage als vielmehr aus dem den Deutschen ganz eignen löblichen Eifer, keiner Nation eine Ehre allein zu lassen, ihre Liedchen so zu reden im Treibhaus gezogen haben. Ich habe öfters Deutschlands hohem Dichter-Genius mit anbetendem Erstaunen nachgesehen, wie er alles sein kann, was er will, er singt Lieder, die durch starke und simple Bilder wild harmonisch hinlaufen, als wenn er erst gestern das Feigenblatt mit einem Fell abgeworfen hätte, unter den deutschen Esquimaux vor 2000 Jahren könnten sie nicht natürlicher sein. Von Franzwein oder von Kaffee erhitzt kann er im Wald unter einer Eiche oder im Kabinett unter einer Pfingst-Birke prophetische Schauder abwarten, und wenn sie kommen, halb Barde und halb Bacchant heiligen Nebel sehen und metrisches Babel sprechen. Hier tollt und taumelt er mit seinem schönsten Viertel außer sich von Dithyrambe zu Dithyrambe bis an die Schwelle des Tollhauses fort, stutzt, besinnt sich und steht auf einmal wieder vollkommen und die Zierde der Schöpfung da. Dort liegt er unter Myrten und gibt dem Rosenknöpfchen, dem er seine Tau-Träne abküßt, eine Träne des Entzückens wieder zurück, wirft seinen Körper weg, wie wir einen Schlaf-Rock und küßt und liebt so unkörperlich wie Bilder in dem Brennpunkt konvexer Gläser küssen und lieben. Ja er hat sogar (und das hätte er können bleiben lassen) Menschen-Verstand in Versen zu sprechen gewagt und uns den Ursprung des Übels, die Falschheit menschlicher Tugend und von Kometen gesungen. Ich leugne zwar nicht, daß sich der Deutsche in dieser Art von Dichtkunst vielleicht zum Rang der ersten schwingen könnte, da die ersten Versuche, die wir gemacht haben, fast über die letzten der übrigen Nationen weg sind, allein was ist das für eine Ehre Verse zu machen wobei man denken muß, eine feine Ehre das erste Trauerspiel gemacht zu haben, das zum Lachen zwingt, und ist jenes von dem unterschieden? Endlich steht noch wohl gar einmal ein Kästner auf und gibt uns wie Manilius eine Astronomie in Versen, das wird lustiges Zeug werden. Es gibt zwar Gegenstände in der Astronomie (allein so gar häufig sind sie auch nicht) die wenn man sie in gewöhnlicher Zeitungs-Prose erzählt fast wie erhabene Poesie klingen, aber ist das eine Folge, daß sie deswegen zu Versen taugen?

DASS MAN SEINE Gegner mit gedruckten Gründen überzeugen kann, habe ich schon seit dem Jahr 1764 nicht mehr geglaubt. Ich habe auch deswegen die Feder gar nicht angesetzt, sondern bloß um sie zu ärgern, und denen von unserer Seite Mut und Stärke zu geben und den andern zu erkennen zu geben, daß sie uns nicht überzeugt haben.

ES GIBT LEUTE, die so fette Gesichter haben, daß sie unter dem Speck lachen können, daß der größte physiognomische Zaubrer nichts davon gewahr wird, da wir arme winddürre Geschöpfe denen die Seele unmittelbar unter der Epidermis sitzt immer die Sprache sprechen, worin man nicht lügen kann.

UM EINE FREMDE Sprache recht gut sprechen zu lernen, und würklich in Gesellschaft zu sprechen mit dem eigentlichen Akzent des Volks, muß man nicht allein Gedächtnis und Ohr haben, sondern auch in gewissem Grad ein kleiner Geck sein.

MARGATE. Es geht da so wie an allen Orten, wo Bäder sind, man holt ein bißgen verlorne Gesundheit und verliert sein Herz.

SIE VERKAUFEN ALLES bis aufs Hemd und noch weiter.

EIN SCHLUCK VON Vernunft.

SIE LESEN NUR und sehen nicht, und trinken Hühnerbrühe.

DER FAST LESSINGISCHE Ausdruck, der dem Gedanken sitzt wie angegossen.

ALSDANN VERFIEL ER in ein albernes Kleinkünstlen, das Kriterium der Stümper, und bekümmerte sich wie ein Dorffriseur um Härchen, und ließ die ganze Perücke in Verwirrung.

DA SITZEN SIE, legen die Hände zusammen ohne die Augen aufzutun und wollen warten bis ihnen der Himmel einen Shakespear-Geist gibt. Verlaßt euch nicht darauf, daß Shakespear geboren worden ist. So tröstet der Teufel die Ochsen. Shakespear hat keine Offenbarungen gehabt. Alles was er euch sagt, hat er gelernt oder erfahren, also um wie Shakespear zu schreiben muß man lernen und erfahren, sonst wird nichts daraus. Wenn Ihr auch gleich eure Werke den seinigen so ähnlich haltet als ein Ei dem andern. Der, der über euch ist, sieht den Unterschied augenblicklich, so bald er an seiner Sonne genießen will was Ihr bei eurer Lampe angerichtet habt. Shakespear wartete vor der Tür des Komödien-Hauses auf und machte sich Geld damit, das wissen wir. Was tat er für das Geld, nicht wahr, ging hin und studierte die Alten, blätterte sich die Lippen trocken hinter den Wörterbüchern und machte Auszüge? Nicht wahr und wurde Hofmeister, sah gelb aus, wurde Professor, empfahl die Alten wieder, spitzte Stuben-Maximen zu, usw.? Nein er verzehrte sein Geld auf englischen Kaffeehäusern, speiste in einem *chop*haus, [an] öffentlichen Plätzen und das in einer Nation, die stolz darauf ist ihre Neigungen nicht zu verbergen, dort lernte er die Sprache der Alten verstehen und alsdann las er sie in einer Übersetzung, die er leicht verbessern konnte. Der Grund von allem ist die Beobachtung und Kenntnis der Welt, und man muß viel selbst beobachtet haben, um die Beobachtungen anderer so gebrauchen zu können als wenn es eigne wären, sonst liest man sie nur und sie gehen ins Gedächtnis ohne sich mit dem Blut zu vermischen, alles Lesen der Alten ist vergeblich, wenn es nicht so getrieben wird. Wir sehen das an unsern jungen Leuten, bei denen Studium der Alten das rechte Losungswort ist, sie empfehlen sie ewig und wenn sie schreiben, so ist es wieder Kandidaten-Prose vor wie nach.

ALS ICH NUN so studierte und schlief.

WIE GEHTS, SAGTE ein Blinder zu einem Lahmen. Wie Sie sehen, antwortete der Lahme.

DAS FORTGEHEN DES Guten und des Zweckmäßigen in der Welt. Wenn es in der menschlichen Natur liegt, daß z. E. die christliche Religion endlich einmal wieder zu Grunde geht, so wird es geschehen man mag sich darwider setzen oder nicht, das Zurückgehn und Hemmen auf eine kurze Zeit ist nur ein unendlich kleiner Bogen in der Linie. Nur ist es schade, daß grade wir die Zuschauer sein müssen und nicht eine andere Generation, es kann es uns also niemand verdenken, wenn wir so viel als möglich arbeiten unsere Zeiten nach unsern Köpfen zu formen. Ich denke immer, wir auf dieser Kugel dienen zu einem Zweck, dessen Erreichung eine Zusammenverschwörung des ganzen menschlichen Geschlechts nicht verhindern kann. Eben so geht ein gutes Buch zur Nachwelt, wenn sich alle kritische Richterstühle vereinigten es verdächtig zu machen nicht durch Satyre, sondern mit der Miene des unschuldigen Lamms und mit [dem] Akzent der Wahrheitsliebe, ja wenn sie gar ganz davon schwiegen. Wenn es ein Dutzend neue Wahrheiten stark und gut gesagt enthält, wenn man den Menschenkenner im Übrigen des Werks erblickt, so wird eine Legion von witzigen Bibliothekenschreibern es in seinem Gang zur Ewigkeit so wenig aufhalten können, als ich den Sturm oder die kommende Flut mit einem Kartenblatt zurückfächeln. Ein Mensch kann ein gutes Buch aus Neid, Unverstand oder Narrheit als schlecht verdammen, allein der Mensch nicht. Den Verfasser kann er an Bettelstab bringen. Ein Mensch kann etwas Schlechtes loben und etwas Gutes verdammen, aber der Mensch nicht.

WIR WOLLEN DIE metaphysischen Grübeleien denen überlassen die nichts Bessers tun können. Man kann ohne aus dem Sprengel der Beattischen Philosophie zu weichen sehr viel Gutes und Nützliches tun und sagen, ja mehr als wenn man sich in feine Subtilitäten verirrt. Seine Philosophie ist für die Menschen, die andere für die Professoren. Analysis der Empfindung.

HABE KEINE ZU künstliche Idee vom Menschen, sondern urteile natürlich von ihm, halte ihn weder für zu gut noch zu böse.

WER WILL SAGEN wie weit die Perfektibilität des Menschen geht? Vom Kind das an der Hand seiner Führerin taumelt, bis zum Terzi in London, wer will behaupten, daß die Menschen nie werden fliegen lernen? Am allerwenigsten kann man sagen, wie weit der Mensch in einer Kunst gekommen ist und kommen kann, deren Haupt-Absicht es mit ist, sich immer weniger merklich zu machen je größer sie wird.

ES GLÜCKT HIER zuweilen auch einem jungen Menschen von einem Rezensenten-Club den Namen eines Genies zu erhalten, wenn er ein paar Empfindungen besser zu Buch zu bringen weiß, als seine Kamraden, darum bekümmert sich aber das eigentliche Publikum so wenig, als sich die Obrigkeit um einen jungen König bekümmert, den die Schulknaben an einem Spieltage krönen und ausraufen.

ES IST EINE Schande, sagte neulich einmal ein Mann zu mir, daß sich Deutschland so sehr durch Gelehrte Zeitungen und Journale lenken läßt. Ich hätte wenigstens von dem Manne eine solche Bemerkung nicht erwartet. Besteht denn Deutschland aus Gelehrten Zeitungsschreibern? Ich glaube nicht daß ein vernünftiger Mann in Deutschland ist, der sich um das Urteil einer Zeitung bekümmert, ich meine der ein Buch verdammt, *weil* es die Zeitung verdammt, oder schätzt, weil es die Zeitung anpreist, denn es streitet schlechterdings mit dem Begriff eines vernünftigen Mannes.

LESEN HEISST BORGEN, daraus erfinden abtragen.

EIN MITTEL SICH Ruhm zu erwerben ist, wenn man [mit] einer gewissen Zuversicht in eine dunkle unbekannte Materie hineingeht, wohin es niemand derMühe wertachtet einem zu folgen, und darüber mit *scheinbarem* Zusammenhang räsoniert.

WELCHES VERGNÜGEN ES ist in einer Coquette zu sehen wie sie sich sträubt und bäumt und wendet und nicht über die Linie hinüber will, die die alte Frau von der jungen scheidet. Ich habe es an der Frau Baumin (Baumwoll-Marie) bemerkt. Sie arbeiten mit Reiben und Waschen, Schönpflästergen und Reinlichkeit, mit der letztern am würksamsten, immer dem Alter entgegen, das sie hinüberziehen will, bis sie endlich, wenn sie sehen, daß man zu glauben anfängt, sie seien schon hinüber, würklich nachgeben und würklich hinüber gehn.

WENN ICH EIN deutsches Buch mit lateinischen Buchstaben gedruckt lese, so kommt es mir immer vor, als müßte ich es mir erst übersetzen, eben so wenn ich das Buch verkehrt in die Hand nehme und lese, ein Beweis, wie sehr unsere Begriffe selbst von diesen Zeichen abhängen.

ER LAS SO sehr gerne, wie er sagte, Abhandlungen vom Genie, weil er sich immer stark darnach fühlte.

IN UNSERN ZEITEN, wo Insekten Insekten sammeln, und Schmetterlinge von Schmetterlingen schwatzen. den 20ten abends Titeldet thibartoge.

EMPFINDSAM ZU SCHREIBEN, dazu ist mehr nötig als Tränen und Mondschein.

UNSERE YORICKE HABEN sich nun allmählig verloren, der Fluch schien immer mit den Generationen zuzunehmen.

MIT PHLEGMA SCHREIBT sichs keine Satyren gegen Phlegma, darin besteht eben seine Natur, daß es sich nicht selbst stört. Wir ahmen immer die Satyre der Engländer und Franzosen nach und bedenken nicht, daß wir mit ganz andern Fellen zu tun haben.

BEIM GEHIRN KOMMT es nicht allein auf die Größe sondern auch auf die Feinheit und spezifische Schwere an.

DIE LEBENDIGEN SPRACHEN sind größtenteils für die Ausländer tod, wenn sie nicht unter dem Volk gelebt haben. Wie schwer ist es alle die kleinen Beziehungen zu erlernen, fast unmöglich, wenn man einmal bei Jahren ist.

ES GIBT NOCH eine Art das Leben zu verlängern, die ganz in unserer Macht steht. Früh aufstehen, guter zweckmäßiger Gebrauch der Zeit, Wählung der besten Mittel zum Endzweck, und so bald sie gewählt sind muntere Ausführung. Auf diese Art läßt es sich sehr alt werden, so bald man das Leben nicht mehr nach dem Kalender schätzt, und was das Beste ist, so wird auch jenes Leben, das wir mit Kalendern ausmessen, durch jenes, wovon Verdienst der Maßstab ist, verlängert. Wenn man einmal eine Arbeit vor hat, so ist es gut bei der Ausführung nicht das Ganze sich vorzustellen, dieses hat bei mir wenigstens viel Niederschlagendes, sondern man arbeite grade an dem was man vor sich hat und das klar, alsdann gehe man an das nächste. Herr Hofrat Heyne machte einmal eine ähnliche Anmerkung, wegen der Schwierigkeiten in der Archäologie. Eine Sache gleich den Augenblick angefangen, und nicht eine Minute aufgeschoben, viel weniger eine Stunde oder einen Tag, ist ebenfalls ein Mittel die Zeit zu strecken.

EINE EINZIGE SEELE war für seinen Leib zu wenig, er hätte zwoen zu tun genug geben können.

DIE EINE SEITE seines Gehirns war weit härter und älter als die linke, und das gab seinen Gedanken das Sonderbare, er hatte oft Gedanken, die gar nicht wie Gedanken aussahen.

MAN SOLLTE KROKODILE in den Stadtgräben ziehen um ihnen mehr Festigkeit zu geben.

ICH KANN NICHT begreifen, wie man sich so sehr herablassen kann, solchen Leuten Komplimente zu machen, es geschähe denn den Typhon oder den Teufel zum Freund zu behalten.

DAS STUDIUM DER Naturhistorie ist nun in Deutschland bis zur Raserei gestiegen. Es ist freilich immer besser als strotzende Freiheits-Oden zu verfertigen, oder das Dutzend Ideen unserer sogenannten großen Dichter bald in 3- bald sechszolligen Zeilen in erstimulierter Begeisterung zu mischen. Allein obgleich vor Gott das Insekt so viel gilt als der Mensch, so ist es für unsern Nerven-Knaul doch nicht. Gütiger Himmel, wie viel hat der Mensch in Ordnung zu bringen bis er auf Vögel und Schmetterlinge kommt. Lerne deinen Körper kennen, und was du von deiner Seele wissen kannst, gewöhne dich zur Arbeit, und lerne deine Bequemlichkeit überwinden, gewöhne deinen Verstand zum Zweifel und dein Herz zur Verträglichkeit. Lerne den Menschen kennen und waffne dich mit Mut zum Vorteil deines Nebenmenschen die Wahrheit zu reden. Schärfe deinen Verstand mit Meßkunst, wo du sonst keine Gegenstände findest, allein hüte dich vor Namen-Registern von Würmern, wovon eine flüchtige [Kenntnis] nichts nützt und eine gnaue ins Unendliche führt. Aber Gott ist unendlich im Insekt wie in der Sonne. O ich gestehe dieses gerne zu. Er ist aber auch im Sand des Meeres unermeßlich den noch kein Linné nach seinen Gestalten geordnet hat. Wenn du nicht besondern Beruf hast in jenen Gegenden nach Perlen zu fischen, so bleibe hier und baue deinen Acker, er erfordert deinen ganzen Fleiß, und bedenke daß die Zahl der Fibern deines Gehirns und ihrer Brüche und Falten endlich ist, wo eine Schmetterlings-Historie steht, wäre Platz für Plutarchs Leben gewesen die dich zu großen Taten angefeuert hätten. Ist nicht Geschichte der Künste notwendiger und nützlicher? Ich wollte lieber wissen was in der Geschichte der Handwerke und Künste steht, als alles was Linné je gedacht und geschrieben, weiß, wußte und wieder vergessen hat. Allein es ist das Los des Deutschen jeden großen Ausländer, der nichts anderes tun konnte, als was er tat, der den ausdrücklichen Befehl der Natur hatte in diesem und keinem andern Fache groß zu werden, ich sage es ist des Deutschen Los diesen Mann nachzuahmen, nicht allein ohne Befehl der Natur, sondern selbst wider ihren Willen.

VIELLEICHT HAT EIN Hund kurz vor dem Einschlafen, oder ein betrunkener Elefant Ideen, die eines Magisters der Philosophie nicht unwürdig wären. Sie sind ihnen aber unbrauchbar, und werden durch ihre allzu reizbare sinnliche Werkzeuge auch wieder verwischt.

WENN DER MENSCH seinen Körper ändern könnte wie seine Kleider, was würde da aus ihm werden, oder wenn aus den Kleidungsstücken der Frauenzimmer immer das würde, was sie sich statt derselben hätten kaufen sollen.

WAS DEN SCHRIFTSTELLER beliebt macht, ist nicht so wohl neue Empfindungen zu beschreiben, als vielmehr den gemeinsten einen Anstrich von Wichtigkeit zu geben und dem Leser dadurch glauben zu machen, er habe etwas Ungewöhnliches gedacht, oder noch besser, gemeine Dinge so schön zu sagen, daß der Leser, den Gedanken nach dem *Ausdruck schätzend*, zu glauben anfängt er habe würklich einen großen Einfall gehabt, indem er etwas ehmals gedacht was sich schön sagen läßt.

WAS FÜR EINEN Effekt würde es nicht auf mich haben, wenn ich einmal in einer ganz schwarz behangenen großen Stube, wo auch die Decke mit schwarzem Tuch beschlagen wäre, und bei schwarzen Fußteppichen, schwarzen Stühlen und schwarzem Canapee, in einem schwarzen Kleide bei einigen wenigen Wachskerzen sitzen müßte und von schwarz gekleideten Leuten bedient würde?

ES GIBT LEUTE, die werden mit einem bösen Gewissen geboren. Mit einem roten Strich um den Hals, Strick.

WAS SIE HERZ nennen liegt weit niedriger als der 4te Westenknopf.

WENN DIE SEELE einfach ist, wozu der Bau des Gehirns so fein? Der Körper ist eine Maschine und muß also aus Maschinen-Materialien bestehen. Es ist ein Beweis daß sich das Mechanische in uns sehr weit erstreckt, da selbst noch die innern Teile des Gehirns mit einer Kunst geformt sind, wovon wir wahrscheinlicher Weise nicht den hundertsten Teil verstehen.

MIR IST EIN Kleintuer weit unausstehlicher als ein Großtuer, denn einmal verstehen es so wenig, weil es eine Kunst ist da Großtun aus der Natur entspringt, und dann läßt der Großtuer jedem seinen Wert, da der Kleintuer den, gegen welchen er es ist, offenbar verachtet. Ich habe einige gekannt, die von ihrem wenigen Verdienst, das sie hatten, mit soviel pietistischer Dünnigkeit zu sprechen wußten, als wenn sie fürchteten man möchte schmelzen, wenn sie sich in ihrem ganzen Licht zeigten. Ich habe mir aber angewöhnt über solche Leute zu lachen, und seit der Zeit sehe und höre ich sie gerne.

DA DER VORTREFFLICHE Brockes Gedichte ohne r gemacht das dem Menschen so natürlich ist, so sehe ich nicht ein warum man keine Gedichte ohne Menschen-Verstand machen sollte, da es ohne Widerrede wahr ist daß man ohne r nicht einmal Wasser und Brod fordern kann, da man Exempel hat, daß Leute ohne Menschenverstand sich auf die ersten Stufen des bürgerlichen Lebens geschwungen haben.

ES TRÄGT NICHT wenig zu dem heutigen Verfall ernster Wissenschaften bei daß man ein gewisses Wertherisches Schwärmen in der Liebe für das Zeichen eines großen Gefühls und den unwidersprechlichen Befehl der allgütigen Natur hält.

GROSSE REINLICHKEIT OHNE Geckerei, und ohne daß man merkt, daß sie gar zu sehr gesucht wird, Nachgiebigkeit und unaffektierte Bescheidenheit und Wohlwollen ohne Zwang kann zu Schönheit werden, wenigstens Liebe gewinnen.

MAN EMPFIEHLT SELBST-DENKEN oft nur um die Irrtümer anderer beim Studieren von Wahrheit zu unterscheiden. Es ist ein Nutzen, aber ist das alles? wie viel unnötiges Lesen wird uns erspart. Ist denn Lesen Studieren? Es hat jemand mit großem Grunde der Wahrheit behauptet, daß die Buchdruckerei Gelehrsamkeit zwar mehr ausgebreitet aber im Gehalt vermindert hätte. Das viele Lesen ist dem Denken schädlich. Die größten Denker, die mir vorgekommen sind, waren gerade unter allen den Gelehrten die ich habe kennen gelernt die, die am wenigsten gelesen hatten. Ist denn Vergnügen der Sinne gar nichts?

ZWEIFEL MUSS NICHTS weiter sein als Wachsamkeit, sonst kann er gefährlich werden.

ES IST SEHR gefährlich, sagt Voltaire, in Dingen Recht zu haben, wo große Leute Unrecht gehabt haben.

ES IST ALLEZEIT betrübt für mich wenn ich bedenke, daß man in der Untersuchung mancher Dinge zu weit gehen kann, ich meine, daß sie unserer Glückseligkeit nachteilig werden können. Eine Probe habe ich darin an mir. Ich wünsche ich wäre in meinen Bemühungen das menschliche Herz kennen zu lernen minder glücklich gewesen. Ich verzeihe den Leuten ihre Bosheiten weit lieber als vorher, das ist wahr, wenn jemand in Gesellschaft übel von mir redet, zumal wenn es nur geschieht die Gesellschaft zu belustigen, so kann ich ihm deswegen nicht im mindesten aufsätzig werden, ich mache mir im strengsten Verstande nichts daraus, nur muß es nicht mit wallendem Blut und Hitze geschehen oder grobe Verleumdung sein, die glaube ich nicht zu verdienen. Hingegen ist mir zu wenig an dem Lob der Leute gelegen, ihr Neid wäre allenfalls das einzige was mich noch freuen würde. Das sollte in der Welt nicht sein. Also ist auch hier harmonischer Wachstum des ganzen Erkenntnis-Systems nötig. Wo ein Teil zu sehr kultiviert wird führt es immer auf kleines oder großes Unheil am Ende hinaus.

ÜBER DEN EIGNEN Reiz, den ein eingebundenes Buch weißes Papier hat. Papier das seine Jungferschaft noch nicht verloren hat und noch mit der Farbe der Unschuld prangt ist immer besser als gebrauchtes.

DAS KOMPLIMENT, SIND Sie gestern glücklich nach Haus gekommen? zagt noch von unsern ehmaligen Sitten und Steinpflaster.

AUS DEM BLÖKEN des Kindes ist Sprache so geworden, wie aus dem Feigenblatt ein französisches Gala-Kleid.

ES IST SCHADE, DASS es keine Sünde ist Wasser zu trinken, rief ein Italiäner, wie gut würde es schmecken.

WER HAT FOLGENDES geschrieben? Jemand fängt sein Buch so an: Da erstlich, oder eigentlich hier erstlich (nämlich als ohne Rücksicht auf die Hauptsache zu nehmen, nämlich was die verschiedenen Schwingungen angeht, oder vielmehr um eigentlicher zu reden von was für Vorteil zukommt oder erwächst von der Größe der Schwingung) die bloße Länge der Pendelstange nicht anders schicklich betrachtet und geschätzt werden kann, sondern als einzig was sie trägt oder zu tragen vermag (als vermöge der gemeinen Applikation) im Verhältnis zu der Länge der Pallats und als zusammengenommen mit solchen uneigentlichen Kräften und Umständen die dazu gehören, oder gehören mögen und als weiter dazu gehören, das ist mit andern Worten (und noch immer Erstens) zu der gleichgültigen Distanz von seinem Mittelpunkt der Bewegung pp. So geht es noch einmal so lang fort ehe ein Punkt kommt. Dieses hat Harrison geschrieben, der erste Uhrmacher unserer Zeit. Das ist bloß seine Festtags-Prose. Im Umgang druckt er sich deutlich und präzis aus.

EINE JEDE SACHE hat ihre Werktags- und Sonntagsseite.

SELBST ABERGLAUBE KANN zuweilen Nutzen stiften. Der gemeine Mann drückt nicht leicht eine ungeladene Flinte auf jemanden los, weil er glaubt der Teufel könne auch mit einer ungeladenen sein Spiel machen.

DER MENSCH UND die Affen können nicht nach Belieben gemästet werden wie das Vieh.

ICH VERLANGE KEINE Schonung, werde auch jedem, der mich mit Unrecht angreift, ohne Schonung begegnen, er sei wer er wolle. Freiheit zu denken und für die Wahrheit zu schreiben und ungestraft, das ist ein Vorzug des Orts den Georg beherrscht und auf dem Münchhausens Segen ruht. Ein Tor ist ein Tor, darf man hier laut sagen, er liege an Ketten oder werde angebetet.

ES REGNET ALLEMAL wenns Jahrmarkt ist, oder wenn wir Wäsche trocknen wollen, was wir suchen ist immer in der letzten Tasche in die wir die Hand stecken.

HABE ICH GEIRRT, gut, was ists dann? Es ist unser aller Los, zu irren, vom gnausten tiefschauendsten, analysierenden Weltweisen bis zum Drucker und darüberhinpolternden Chaos-Mischer, von Newton bis zu Lavater. Allein ich frage jeden Unparteiischen, welches ist besser, in Quartanten zu irren die, aufeinander gesetzt, dem Altar des Delphischen Apolls, dem Sinnbild der Dauer [gleichen], oder in einem in Lackier-

Bildgen gebundenen Almanach, dessen Dauer schon auf dem Titul zu groß angegeben wird: *für das Jahr 1778.* Gerechter Himmel wie bescheiden! Die Menschen können geblendet und bestochen werden, aber nicht *der Mensch*, für den schreibe ich allein, wenn wir endlich vor den Richterstuhl unserer Enkel kommen.

ICH EMPFEHLE TRÄUME nochmals; wir leben und empfinden so gut im Traum als im Wachen und sind jenes so gut als dieses, es gehört mit unter die Vorzüge des Menschen, daß er träumt *und es weiß.* Man hat schwerlich noch den rechten Gebrauch davon gemacht. Der Traum ist ein Leben, das, mit unserm übrigen zusammengesetzt, das wird, was wir menschliches Leben nennen. Die Träume verlieren sich in unser Wachen allmählig herein, man kann nicht sagen, wo das Wachen eines Menschen anfängt.

ICH GLAUBE GRADE das Gegenteil, daß nämlich das meiste Gute in der Welt durch Menschen getan wird, die ihrer schönen Bildung wegen nicht in Betrachtung kommen. Oder das meiste Unheil in der Welt hat die Schönheit gestiftet. Ob sie gleich das Glück oder vielmehr die Wollust einzelner mag befördert haben.

IN KEINEM KOPF ist Mannigfaltigkeit von Kenntnissen schöner und nötiger und würksamer als im Dichter. Die Dichter der alten Welt pflanzten Kenntnisse fort, ihr Vers war das Vehiculum von Weisheit. Die unsrigen, wenn es möglich wäre, daß so wie ein volles Gedicht den Kopf anfüllt, ihn ein leeres ausleerte, würden alle Leser um ihre Wissenschaft bringen. Gray war, wenn wir Herrn Mason glauben dürfen, einer der größten Gelehrten seiner Zeit, Milton war es gewiß. Ihr sollt einen feinen Menschen bessern, einen schlauem zur verhaßten Tugend leiten, leckern Zungen einen bittern Heiltrunk beibringen, denkt nur nicht daß ihr den Menschen mit euern Barden-Gesängen wieder rückwärts senkt, die heraufsteigende Flut fächelt ihr mit keinem Kartenblatt zurück. Lest die Alten, ruft man, es ist alles sehr gut. Ich habe gegen den Rat nichts, wenn man sich nur deutlich erklärte. Er sagt nicht mehr als lernt *denken* Leute. Wie wenig der Rat fruchtet, sieht man sehr häufig an den Leuten selbst die ihn geben und befolgen. Wenn sie deutsch schreiben, so findet man nichts von den massiv-goldenen Bemerkungen in drei Worten, die wie sich ein englischer Dichter ausdruckt zu französischem Draht gezogen durch ganze Seiten glänzen würden. Nichts von den tief eingreifenden Beobachtungen des Menschen, die einem Schamröte in das Gesicht jagen, nicht den Ausdruck der immer dem Gedanken so angemessen ist, wie der Gedanke dem Ganzen und das Ganze der menschlichen Natur. Nicht den erstaunenden Reichtum an Gedanken, womit sie Goldstücke wegwerfen mit einer Miene, wie wir kaum Pfennige. Sondern unsere meisten Leser der Alten wenn sie etwas mitbringen, so ist [es] historische Kenntnis ihrer Sitten, ein mit sich selbst bestehendes Latein, und hölzernes Deutsch. Allein was ist die Ursache; Die Alten z. E. den Horaz zu lesen muß [man] mehr verstehen als Latein. Die Welt ist geneigt zu glauben, jedes Buch, worin nichts von Kegelschnitten und Integralen vorkommt, könne man lesen, so bald man die Sprache versteht. Es ist aber falsch. Jedes gute Buch ist ein Spiegel des Menschen, wenn ein Affe hineinsieht, so kann unmöglich ein Apostel heraussehen. (Hier kann hereinkommen, der eine trägt seinen Stock wie er, schnupft [wie] er und räuspert sich wie er, aber keiner war der ehrliche Mann wie er) Was ist aber dafür Rat? Ich weiß nur einen einzigen, ob es gleich mehrere geben mag, und das ist die gute Gesellschaft. Ich muß mich hier erklären, denn es könnte leicht sein daß ich und meine Leser etwas Verschiedenes unter guter Gesellschaft verstünden. Ich fordere mehr von einer guten Gesellschaft als bloß gute Sitten, obgleich die schlechterdings notwendig sind, und auch nicht vornehme Gesellschaft, denn es gibt glaube ich in allen Teilen von Europa glaube ich Städte, worin die Gesellschaft immer schlechter wird je vornehmer sie ist. In großen Städten und wo Verdienst allein den Weg zur Ehre bahnt, und wo der Regent tugendhaft ist, ist es anders.

MAN WIDERSPRICHT SICH niemals, wenn man sich mit einer festen Meinung zum Schreiben niedersetzt, allein bei der festesten Meinung kann man den Gegenstand flüchtig behandeln und wenn man mit demselben allzu bekannt ist, so daß man zu glauben anfängt jedermann müßte es verstehen, Worte gebrauchen, die der, den man erst belehren will, zweideutig findet. Ich vergebe es Herrn Lavater, daß er so viel Widersprüche in meiner Abhandlung findet, er war nicht der erste, der sie darin zu finden glaubte, und einer der größten Denker, die mir je vorgekommen sind, hat mir gestanden er habe meine Meinung erst bei der zweiten Durchlesung verstanden, und sei nun völlig mit mir eins. Das ist ein großer Fehler von einer

Schrift, ich leugne es nicht, und es soll mir eine Warnung sein künftig alles, was ich drucken lasse, wie Molière, erst meiner Köchin vorzulesen.

SOGAR AUS DEN Hunden läßt sich etwas machen, wenn man sie recht erzieht, man muß sie nur nicht mit vernünftigen Leuten, sondern mit Kindern umgehen lassen, so werden sie menschlich. Dieses ist eine Bestätigung von meinem Satz, daß man Kinder immer zu Leuten halten müsse die nur *um ein weniges* weiser sind, als sie selbst.

ICH KANN MIR gar leicht vorstellen, wie leicht ein Mensch durch Zeitungslob verführt werden kann zu glauben er sei endlich was diese Leute von ihm behaupten. Complaisance gebiert complaisance, aber im Herzen der Vernünftigen, da lebt das wahre Urteil, das Urteil der Nachwelt liegt da schon fertig bis aufs Publizieren, unter dem Siegel der Etiquette, das allein die Nachwelt abreißen darf.

MIR IST ES eine sehr unangenehme Empfindung wenn jemand Mitleiden mit mir hat, so wie man das Wort gemeiniglich nimmt. Deswegen brauchen auch die Menschen, wenn sie recht böse auf jemanden sind, die Redens-Art, mit einem solchen muß man Mitleiden haben. Diese Art Mitleidens ist ein Almosen, und Almosen setzt Dürftigkeit von der einen und Überfluß von der andern Seite voraus, er sei auch noch so gering. Dem englischen *Pity* ist es eben so gegangen und noch ärger, das Adjectivum *pitiful* ist unser *erbärmlich*. Es gibt aber ein weit uneigennützigeres Mitleiden, das wahrhaften Anteil nimmt, das schnell zur Tat und Rettung schreitet, und selten von empfindsamer Schwermütelei (man verzeihe mir dieses Wort) begleitet wird. Man könnte jenes das Almosenartige und dieses das Mitleid bei Of- und Defensiv-Allianz nennen. Mitscham ist sehr lauter, man fühlt sie, wenn sich ein Mann, den man hochschätzt, aus nicht genügsamer Kenntnis derjenigen, vor denen er sich zeigen will, sich vor ihnen lächerlich macht. Es gibt eine ganz uninteressierte Mitfreude, ich habe sie bei Gatterers Wiedergenesung im Jahr 1778 ganz lauter empfunden. Nämlich ich konnte in diesem Fall nach der gnauesten Untersuchung kein anderes Interesse finden, als dieses, daß ein Mann von der größten Rechtschaffenheit, und einer Gelehrsamkeit, die täglich seltner wird, der Welt, der Universität und seiner Familie wiedergegeben worden war, nachdem man ihn schon, nicht etwa tod gesagt, sondern die Unmöglichkeit seiner Wiedergenesung medizinisch demonstriert hatte.

SCHMIERBUCH-METHODE BESTENS zu empfehlen. Keine Wendung, keinen Ausdruck unaufgeschrieben zu lassen. Reichtum erwirbt man sich auch durch Ersparung der Pfennigs-Wahrheiten.

HERR CAMPER ERZÄHLTE, daß eine Gemeinde Grönländer, als ein Missionair ihnen die Flammen der Hölle recht fürchterlich malte, und viel von ihrer Hitze sprach, sich alle nach der Hölle zu sehnen angefangen hätten.

ES IST FAST unmöglich, die Fackel der Wahrheit durch ein Gedränge zu tragen, ohne jemandem den Bart zu sengen.

DIE SUPPE SCHMECKTE so abscheulich, daß, um zu glauben, es sei auf eine Vergiftung abgesehen, man nur nötig gehabt hätte, ein großer General oder ein König zu sein.

ES GIBT EINE wahre und eine förmliche Orthographie.

MIR IST ES unbegreiflich, warum der Zustand der unendlichen Herrlichkeit nicht lieber gleich angeht, da doch dieses Leben nur überhaupt ein verschwindender Punkt ist.

ALLES WAS UNSERE Schriftsteller noch zu schildern vermögen, ist etwas Liebe; und auch diese wissen sie nicht in die etwas entfernten Verrichtungen des menschlichen Lebens zu verfolgen. Bemerkungen in einem Roman anzubringen, die sich auf die längste Erfahrung und tiefsinnigsten Betrachtungen gründen, soll sich kein Mensch scheuen, der solche Bemerkungen vorrätig hat. Sie werden gewiß ausgefunden; durch sie nähern sich die Werke des Witzes den Werken der Natur. Ein Baum gibt nicht bloß Schatten für jeden Wanderer, sondern die Blätter vertragen auch noch das Mikroskop. Ein Buch, das dem Weltweisen gefällt, kann deswegen auch noch dem Pöbel gefallen. Der letzte braucht nicht alles zu sehen; aber es muß da sein, wenn etwa jemand kommen sollte, der das scharfe Gesicht hätte.

ES GIBT KEINE Art von Gelehrsamkeit, und keine Art literarischer Beschäftigung, die man nicht mit irgend einem Handwerk oder sonst einer Handarbeit vergleichen könnte. Wir haben im Reiche der Gelehrsamkeit Wegeverbesserer, ein sehr nützliches Geschäfte, das wenig einbringt; Sklaven, die mit blutigem Schweiß Zucker pressen und sieden, den andere Leute verschmausen; Leute, die griechische Münzen einschmelzen, um modernes Zeug daraus zu gießen; Gassenreiniger; Bettelvögte; Ausrufer; Bader, die sich für Wundärzte ausgeben, u. a. m. Allein ich habe nie eine Gattung finden können, die so viel mit dem Kesselflicker gemein hätte, als die Leute, die unter dem Schein, ein nützliches Handwerk zu treiben, herumziehen, um die Leute zu betriegen und zu bestehlen.

IM DEUTSCHEN REIMT sich *Geld* auf *Welt*; es ist kaum möglich, daß es einen vernünftigern Reim gebe; ich biete allen Sprachen Trotz!

ACH GOTT! WENN man doch nur in der Welt immer lernen könnte, ohne *beobachtet* zu werden. Was für ein himmlisches Vergnügen gewährte mir nicht Astrognosie in meiner Jugend. Du gerechter Gott! ich kenne keine schönere Zeiten, es sind die vergnügtesten meines Lebens. Der Neid und die Spötterei anderer, die hier und da etwas mehr wissen, ist unerträglich. Wie selig lebte ich damals! jetzt, da alles, was ich tue, beobachtet wird; und von manchem, der nicht die Hälfte von mir wert ist, und eine bloß auswendig gelernte Bemerkung meinem ursprünglichen Bestreben entgegensetzt, werde ich ausgelacht. Man sollte doch unterscheiden lernen, zwischen dem, was ein Mann selbst gedacht hat, und dem, was einer abschreibt.

MAN KANN AUF so vielerlei Weise Gutes tun, als man sündigen kann, nämlich mit Gedanken, Worten und Werken.

WO DAMALS DIE Grenzen der Wissenschaft waren, da ist jetzt die Mitte.

WER IN SICH selbst verliebt ist, hat wenigstens bei seiner Liebe den Vorteil, daß er nicht viele Nebenbuhler erhalten wird.

ALLE TUGEND AUS Vorsatz taugt nicht viel. Gefühl oder Gewohnheit ist das Ding.

MAN SOLL NIEMANDEN in seiner Profession lächerlich machen, er kann dadurch unglücklich werden.

WENN DIE WELT noch eine unzählbare Zahl von Jahren steht, so wird die Universalreligion geläuterter Spinozismus sein. Sich selbst überlassene Vernunft führt auf nichts andres hinaus, und es ist unmöglich, daß sie auf etwas andres hinausführe.

NUR KEINE INDOLENZ, wo Vernunft herrscht! Montgolfiers Erfindung war in meiner Hand.

ES WÄRE WOHL sehr der Mühe wert, einmal *recht* zu untersuchen, warum wir von dem Ursprung der Bewegung *nichts* wissen. Ja es könnte dieses ein rechtes Kriterium werden, wo man anfangen oder aufhören soll. Ich glaube nicht, daß man auf diesen sonderbaren Umstand immer stark genug geachtet hat. Es ist hier eine bestimmtere Grenze als irgendwo, weil es nicht sowohl Mangel an Erfahrung, als vielmehr *absolute Scheidewand* zu sein scheint, wenigstens ein Wink, wo sie zu suchen sei.

MAN SOLL ALLE Menschen gewöhnen von Kindheit an in *große* Bücher zu schreiben, alle ihre Exercitia, in hartes Schweinsleder gebunden. Da sich kein Gesetz daraus machen läßt, so muß man Eltern darum bitten, wenigstens mit Kindern, die zum Studieren bestimmt sind. Wenn man jetzt Newtons Schreibbücher hätte! Wenn ich einen Sohn hätte, so müßte er gar kein Papier unter Händen bekommen, als eingebundenes, zerrisse er es, oder besudelte er es, so würde ich mit väterlicher Dinte dabei schreiben: dieses hat mein Sohn anno * den *ten besudelt. Man läßt den Körper und Seele, das Punctum saliens der Maschine fortwachsen und verschweigt und vergißt es. Die Schönheit wandelt auf den Straßen, warum sollten nicht in dem Familien-Archiv die Produkte, oder vielmehr die Signaturen der Fortschritte des Geistes hinterlegt bleiben, und der Wachstum dort *eben so sichtbar* aufbewahrt liegen können? Der Rand müßte gebrochen werden, und auf einer Seite immer die Umstände und zwar sehr unparteiisch geschrieben werden. Was für ein Vergnügen würde es mir sein, jetzt meine Schreibbücher alle zu übersehen! Seine eigne Naturgeschichte! Man sieht jetzt immer was man ist und sehr schwach was man war. Man müßte den eigentlichen Gegenstand der Sammlung die Dinge nicht zu oft sehen lassen. Vielleicht nur erst spät sehen lassen, das übrige müßte er bloß aus Relationen kennen. Man hebt die Kinderhäubchen auf, und ich habe öfters selbst den Zusammenkünften mit beigewohnt, da man einem sehr großen, besoldeten und ansehnlichen Kopf sein Kinderhäubchen wies. Warum nicht eben so mit Werken des Geistes. Die Eltern könnten eine solche Sammlung von Bänden eben so aufbewahren, wie ihr Kind, denn es ist der Spiegel desselben. Wie sie seinen Leib zu bilden haben lehrt sie ihr Auge; wie seinen Geist, der Anblick dieser Bände. Vom 4ten Jahre glaube ich könnte man anfangen. Kein Band müßte verloren werden. Denn das Papier müssen sie doch bezahlen, und das Aufbehalten macht keine Schwierigkeiten. Ich wüßte nicht welches angenehmer und nützlicher wäre, die Bewegung aller Planeten zu kennen, oder *diese* Annalen einiger vorzüglicher Menschen. Die Welt würde dadurch sehr gewinnen.

Z. E. ER LAG an Krämpfen im Unterleibe darnieder, diese Krankheit allein hatte er nach dem Zeugnis der besten Ärzte. Allein der Krankheiten, die er zu haben glaubte, waren eine beträchtliche Zahl. 1) ein marasmus senilis ob er gleich nur 46 Jahr alt war 2) ein Anfang von der Wasser-Sucht 3) ein konvulsivisches Asthma 4) ein schleichendes Fieber 5) die Gelb-Sucht 6) die Brustwasser-Sucht 7) fürchtete er eine Apoplexie 8) eine Paralysin der rechten Seite 9) glaubte er die großen Arterien und Venen wären verknöchert 10) er hätte einen Polypus im Herzen 11) ein Geschwür in der Leber und 12) Wasser im Kopf. Wer dieses lieset sollte fast glauben die 12te wäre die einzig gegründete Furcht gewesen. 13) Diabetes.

WENN AUCH DAS Gehen auf 2 Beinen dem Menschen nicht natürlich ist, so ist es doch gewiß eine Erfindung, die ihm Ehre macht.

OFFENBARUNG MACHT NICHT, daß ich eine Sache begreife, sondern daß ich sie, wenn sie Autorität hat, begreife. Aber welche Autorität kann mir etwas aufdringen zu glauben, das meiner Vernunft widerspricht? Gottes Wort allein. Aber haben wir denn ein Wort Gottes außer der Vernunft! Gewiß nicht. Denn daß die Bibel Gottes Wort ist, das haben Menschen gesagt, und Menschen können kein anderes Wort Gottes kennen, als die Vernunft.

EIN BEDIENTER SCHREIBT: *Pabstdumm.*

ICH GLAUBE VON Grund meiner Seele und nach der reifsten Überlegung, daß die Lehre Christi, gesäubert von dem verfluchten Pfaffen[ge]schmier, und gehörig nach unserer Art sich auszudrücken verstanden, das vollkommenste System ist, Ruhe und Glückseligkeit in der Welt am schnellsten, kräftigsten, sichersten und allgemeinsten zu befördern, das ich mir wenigstens denken kann. Allein ich glaube auch daß es noch ein System gibt, das ganz aus der reinen Vernunft erwächst und eben dahin führt, allein es ist nur für geübte Denker und gar nicht für die Menschen überhaupt, und fände es auch Eingang, so müßte man doch die Lehre Christi für die Ausübung wählen. Christus hat sich zugleich nach dem Stoff bequemt, und dieses zwingt selbst dem Atheisten Bewunderung ab. (In welchem Verstand ich hier das Wort Atheist nehme wird jeder Denker fühlen.) Wie leicht müßte es einem solchen Geist gewesen sein ein System für die reine Vernunft zu erdenken, das alle Philosophen völlig befriedigt hätte. Aber wo sind die Menschen dazu? Es wären vielleicht Jahrhunderte verstrichen, wo man es gar nicht verstanden hätte, und so etwas soll dienen das menschliche Geschlecht zu leiten und zu lenken und in der Todesstunde aufzurichten: Ja was würden nicht die Jesuiten aller Zeiten und aller Völker daraus gemacht haben? Was die Menschen leiten soll muß wahr aber allen verständlich sein. Wenn es ihm auch in Bildern beigebracht wird, die er sich bei jeder Stufe der Erkenntnis anders erklärt.

DER BERÜHMTE CAMPE sagte mir einmal, daß ihm das deutsche Wort Schrank unbeschreiblich unangenehm klinge.

EINE GROSSE REDE läßt sich leicht auswendig lernen und noch leichter ein großes Gedicht. Wie schwer würde es nicht halten, eben so viel ohne allen Sinn verbundene Wörter, oder eine Rede in einer fremden Sprache zu memorieren. Also Sinn und Verstand kömmt dem Gedächtnis zu Hülfe. Sinn ist Ordnung und Ordnung ist doch am Ende Übereinstimmung mit unserer Natur. Wenn wir vernünftig sprechen, sprechen wir nur immer unser Wesen und unsere Natur. Um unserm Gedächtnisse etwas einzuverleiben suchen wir daher immer einen Sinn hineinzubringen oder eine andere Art von Ordnung. Daher Genera und Species bei Pflanzen und Tieren, Ähnlichkeiten bis auf den Reim hinaus. Eben dahin gehören auch unsere Hypothesen, wir müssen welche haben, weil wir sonst die Dinge nicht behalten können. Dieses ist schon längst gesagt, man kömmt aber von allen Seiten wieder darauf. So suchen wir Sinn in die Körperwelt zu bringen. Die Frage aber ist, ob alles für uns lesbar ist. Gewiß aber läßt sich durch vieles Probieren, und Nachsinnen auch eine Bedeutung in etwas bringen was nicht für uns oder gar nicht lesbar ist. So sieht man im Sand Gesichter, Landschaften usw. die sicherlich nicht die Absicht dieser Lagen sind. Symmetrie gehört auch hieher. Silhouette im Dintenfleck pp. Auch die Stufenleiter in der Reihe der Geschöpfe, alles das ist *nicht in den Dingen, sondern in uns*. Überhaupt kann man nicht gnug bedenken, daß wir nur immer uns beobachten, wenn wir die Natur und zumal unsere Ordnungen beobachten.

DIE BESTE ART Lebende und Verstorbene zu loben ist ihre Schwachheiten zu entschuldigen, und dabei alle mögliche Menschenkenntnis anzuwenden. Nur keine Tugenden angedichtet, die sie nicht besessen haben, das verdirbt alles, und macht selbst das Wahre verdächtig. Entschuldigung von Fehlern empfiehlt den Lobredner.

ICH HABE DEN Weg zur Wissenschaft gemacht wie Hunde die mit ihren Herrn spazieren gehen, hundertmal dasselbe vorwärts und rückwärts, und als ich ankam war ich müde.

ER WURDE NUR so in dieser Gesellschaft gedultet, wie die Stinkböcke in Pferdeställen.

DIE IDEEN IN meinem Kopf des Nachts gehen mehr wie Ratzen und Mäuse umher, ich mußte mich erst an sie gewöhnen ehe ich einschlafen konnte. Dieses könnte eine Einleitung werden. Ich füttere zwar keine Schweine wie Pellison oder Ratzen wie de Latude in der Bastille (Cahiers de lecture XI et XII Cahier 1790. p. 380.), allein ich habe doch zuweilen solche Ideen, die ich nach und nach an mich gewöhne, und nun könnte eine Abhandlung von dem Firnis über die Erde kommen, das Kien-Ruß-Flöz, ein Tropfen Wasser fiel darauf, wie hoch war er? er riß einen Astronomen mit sich fort.

DA HERR PROFESSOR Witte in Rostock erwiesen, daß die ägyptischen Pyramiden und die Ruinen von Persepolis das Werk [von] Vulkanen sind, so wäre es einmal der Mühe wert zu erweisen, daß der Chimborasso und der Montblanc von Menschen-Händen aufgeführt worden sind. Es ist wenigstens einmal ein Versuch. Die Granitwacken auf den Darmstädter Feldern sind Glicker mit welchen die Riesen-Kinder spielten. Herr Niebuhr hat den Herrn Witte vortrefflich beleuchtet im Museum Dezember 1790. Es ist eine Abhandlung, die man auch gegen die gebrauchen kann, [die] die Welt für ein Werk des Zufalls halten – Ich glaube Herr Witte nimmt das Wort Vulkan in einem andern Sinn, da es so viel als überhaupt Künstler bedeutet, denn fürwahr wer den Schild des Achilles schmieden kann, dem sind doch ein paar persische Inschriften eine Kleinigkeit. Der Schild des Achilles ist ein vulkanisches Produkt.

WENN BÖTTCHER SICH das Snäpschen aus dem Weißen Schwan in seinen Schrank holt, so freue ich mich, es gibt mir selbst Ruhe, weil ich weiß, daß es nun in meiner Nachbarschaft so warm (gepuzzelt) zugeht, so sehr ich auch sonst den guten Tropf bedauere, daß er sich den Branntwein so angewöhnt hat. In dieser Bemerkung ist Natur.

UM DEN MENSCHEN nützliche Wahrheiten zu predigen ist alles erlaubt, was niemanden schadet oder kränkt, also auch Feenmärchen. Kein Mensch findet es mehr absurd daß die Tiere in der Fabel sprechen, warum sollte er es abgeschmackt finden, daß es Perlen regnet? Ein weiser Mann wird mehr *tun*, als mancher Zauberer in einem Feen-

Märchen, wenn er einen Dumpfkopf weise machen könnte, warum soll er nicht in der Absicht etwas *dichten*?

DIE NATUR HAT den Tieren Einsicht genug gegeben für ihre Erhaltung zu sorgen. Sie wissen sich alle sehr gut zu helfen wenn es auf diesen wichtigen Artikel ankömmt. Vaillant gibt davon sehr gute Beispiele von dem Verhalten der Tiere bei Herannahung des Löwen. Den Menschen hat sie sogar fast instinktmäßig gegen die Furcht vor dem Tode gewaffnet, durch Glauben an Unsterblichkeit.

VOM WAHRSAGEN LÄSST sichs wohl leben in der Welt, aber nicht vom Wahrheit sagen.

WIR WISSEN MIT weit mehr Deutlichkeit, daß unser Wille frei ist, als daß alles was geschieht eine Ursache haben müsse. Könnte man also nicht einmal das Argument umkehren und sagen: Unsre Begriffe von Ursache und Wirkung müssen sehr unrichtig sein, weil unser Wille nicht frei sein könnte, wenn die Vorstellung richtig wäre?

SYMPATHIE IST EIN schlechtes Almosen.

IN DEM FREIEN Frankreich, wo man jetzt aufknüpfen lassen kann, wen man will.

SEIT DER MITTE des Jahrs 1791 regt sich in meiner ganzen Gedanken-Ökonomie etwas, das ich noch nicht recht beschreiben kann. Ich will nur einiges anführen und künftig aufmerksamer darauf werden. Nämlich ein außerordentlich[es] fast zu schriftlichen Tätlichkeiten übergehendes Mißtrauen gegen alles menschliche Wissen, Mathematik ausgenommen, und was mich noch an [das] Studium der Physik fesselt, ist die Hoffnung etwas dem menschlichen Geschlecht Nützliches auszufinden. Wir müssen nämlich auf Ursachen und Erklärungen denken, weil ich gar kein anderes Mittel sehe uns ohne dieses Bestreben in Tätigkeit zu erhalten. Jemand kann freilich wochenlang auf die Jagd gehn und nichts schießen, aber so viel ist gewiß, zu Hause würde er auch nichts geschossen haben und zwar *gewiß* nichts, da er doch nur auf dem Felde die Wahrscheinlichkeit für sich hat, so gering sie auch sein mag. Wir müssen freilich etwas ergreifen. Aber ob das nun alles so ist, wie wir glauben? Da frage ich mich wieder: was nennst du so Sein, wie du es dir vorstellst? Dein Glaube, daß es so ist, ist ja auch etwas, und von dem. übrigen weißt du nichts. Dieses war auch die Zeit da ich (Gott verzeih mir wenn ich irre) zu glauben anfing, daß die Muscheln in den Bergen gewachsen sein könnten. Es war aber kein positives *Glauben*, sondern bloß dunkeles Gefühl von unsrer Unfähigkeit, oder wenigstens von der meinigen in die Geheimnisse der Natur einzudringen.

SELBST UNSERE HÄUFIGEN Irrtümer haben den Nutzen, daß sie uns am Ende gewöhnen zu glauben, alles könne anders sein, als wir es uns vorstellen. Auch diese Erfahrung kann generalisiert werden, so wie das Ursachen-Suchen, und so muß man endlich zu der Philosophie gelangen, die selbst die Notwendigkeit des principii contradictionis leugnet.

BEI ALLER MEINER Bequemlichkeit bin ich immer in Kenntnis meiner selbst gewachsen, ohne die Kraft zu haben mich zu bessern, ja ich habe mich öfters für alle meine Indolenz dadurch entschädigt gehalten, daß ich dieses einsah, und das Vergnügen, das mir die genaue Bemerkung eines Fehlers an mir machte, war oft größer, als der Verdruß, den der Fehler selbst bei mir erweckte. *So sehr viel mehr galt bei mir der Professor, als der Mensch.* Der Himmel führt seine Heiligen wunderlich.

EINE GOLDNE REGEL: Man muß die Menschen nicht nach ihren Meinungen beurteilen, sondern nach dem, was diese Meinungen aus ihnen machen. – Ich fühle, daß ich nach der Meinung der Welt hiergegen nicht aushalte, ob ich gleich vor Gott überzeugt bin, daß ich es würde, wenn sie mich genauer kennte. Also das *Aus-ihnen-machen* muß genau beobachtet werden.

HERR ESCHENBURG (Lessing Kollektaneen Zusätze zu T. I. p. 436) führt bei Gelegen[heit] d'Ancarville[s] eine lustige Stelle aus des Grafen Lamberg seinem Memorial d'un mondain an: Je remarquerai en passant que l'on fait voir à la Galerie du Grand Duc (nachher Leopold II.) un

Priape colossal de marbre blanc: le membre viril de quatre pieds de long reposant sur des pieds de Lion sculptés. – On en decouvrit en 1749 seize de la meme taille dans un *couvent de Religieuses.*

ICH HABE DAS Register der Krankheiten angesehn, und habe die Sorgen und traurige Vorstellungen nicht darunter gefunden, das ist sehr unrecht.

SCHLECHT DISPUTIEREN IST immer besser als gar nicht, selbst Kannegießern macht die Leute weiser, wenn gleich nicht in der Politik, doch in andern Dingen. Das bedenkt man nicht genug.

DAS HERANNAHENDE ALTER und die Furcht davor recht auszumalen, das allmählige Vergehn der Zähne, die einzelnen grauen Haare. Alle die heimlichen Untersuchungen darüber. Bemerkt man *einen* solchen Zustand recht genau, so wird man dadurch auch in den Stand gesetzt einen erdichteten eben mit dem charakteristischen *Detail* zu schildern. So lernt man das menschliche Herz schildern. Der Alternde tröstet sich damit, daß jüngere Leute auch schon keine Zähne mehr, und graue Haare haben, und er vergleicht sich immer mit den Besten und Vorteilhaftesten.

WIR NEHMEN DINGE wahr vermöge unsrer Sinnlichkeit. Aber was wir wahrnehmen sind nicht die Dinge selbst, das Auge schafft das Licht und das Ohr die Töne. Sie sind außer uns nichts. Wir leihen ihnen dieses. Eben so ist es mit dem Raume, und der Zeit. Auch wenn wir die Existenz Gottes nicht fühlen, beweisen können wir sie nicht. Alle diese Dinge führen auf eines hinaus. Es ist aber nicht möglich sich hiervon ohne tiefes Denken zu überzeugen. Man kann Kantische Philosophie in gewissen Jahren glaube ich eben so wenig lernen als das Seiltanzen.

DIE FRANZOSEN VERSPRACHEN in den adoptierten Ländern Bruderliebe, sie schränkten sich aber am Ende bloß auf Schwesterliebe ein.

ICH MÖCHTE WOHL wissen, ob alle die wider die Gleichheit der Stände schreiben und dieselbe lächerlich finden recht wissen was sie sagen. Eine völlige Gleichheit aller Menschen, so wie etwa aller Maikäfer läßt sich gar nicht denken, so können es auch die Franzosen unmöglich verstanden haben, denn sie reden ja überall von den Reichen. Selbst Cambon sagt in dem Rapport vom 15. Dezember, worauf das berüchtigte Dekret gebaut wurde: Nur die Reichen sollen zu den Staatslasten beisteuern. Unter den Studenten auf Universitäten findet eine solche Gleichheit statt, der ärmste Student dünkt sich so viel wie der Graf und gibt diesem nichts vor und das ist recht, ob er gleich gerne zugibt, daß er im Collegio an einem besondern Tische sitzt und bessere Kleider trägt. Nur muß er als Graf keine Vorzüge *prätendieren*, die ihm bewilligten läßt ihm jedermann gerne. Wollte er welche prätendieren, so wäre dieses der Weg zu bewirken, daß man ihm alle versagte. Nur die stolzen Prätensionen sind, was der freie Mensch nicht vertragen kann, er ist übrigens gar sehr geneigt wenn man ihn gehen läßt jedem [die] Vorzüge zu bewilligen, die er verdient, und was er für welche verdient, dazu hat er gewöhnlich ein sehr richtiges Maß. Jede Achtung ist ein Geschenk, das nicht erzwungen werden darf und kann. Bewilligt das Volk durch Dekrete gewisse Vorzüge, so ist dieses eine Abgabe und kein Geschenk des einzelnen und diese können prätendiert werden, so sind die Vorrechte der Magistrats-Personen im Dienst. Jedermann denke doch an die Bürger seiner Vaterstadt. Wenn der reichste Kaufmann einer Stadt einen Vorzug vor dem ärmsten Schuster oder Schneider prätendierte, so möchte er übel ankommen, du hast mir nichts zu befehlen, ist die Antwort, prätendiert er ihn nicht und ist sonst ein ehrlicher Mann, so wird ihm der den Vorzug nie versagen.

DINGE ZU BEZWEIFELN, die ganz ohne weitere Untersuchung jetzt geglaubt werden, das ist die Hauptsache überall.

DAS HOHE ALTER mancher Mathematiker (Fontenelle, Euler, Leibniz) könnte eine Folge sein der Betrachtung ihrer selbst, des Subjektivischen bei den Körpern, weil das eigentlich Wiederholung ist. So könnte die Mathematik zu Verlängerung des Lebens beitragen.

VERLASSE HIER EINMAL die Landstraße, und glaube ja nicht daß diese Sache nur für andere Leute auszumachen gehöre, denke immer du bist ein Mitglied des Rates.

WENN ICH NUN auf einen neuen Gedanken, auf eine Theorie gekommen bin, allemal zu fragen: Ist denn das auch würklich so neu als du glaubst. Dieses ist auch überhaupt die beste Erinnerung nichts in der Welt anzustaunen. ‹Nil admirari›

AN JEDER SACHE etwas zu sehen suchen was noch niemand gesehen und woran noch niemand gedacht hat.

ZUWEILEN BESCHREIBUNGEN IN poetischer Prose zu machen oder sonst Schilderungen von einzelnen Gegenständen; sie können alle gebraucht werden.

SO VIEL ALS möglich der gemeinen Meinung entgegen: So behauptete Meister und, wie mich dünkt, mit Recht, daß je länger die Welt stände desto mehr Erfindungen würden gemacht werden.

DIE FRAGE: *Ist dieses auch wahr?* ja bei allem zu tun, und dann die Gründe aufzusuchen warum man Ursache habe zu glauben, daß es nicht wahr sei.

NICHTS SETZT DEM Fortgang der Wissenschaft mehr Hindernis entgegen als wenn man zu wissen glaubt, was man noch nicht weiß. In diesen Fehler fallen gewöhnlich die schwärmerischen Erfinder von Hypothesen.

IRREGULÄRE DINGE BESTEHEN in der Natur sehr oft aus einer Verbindung von mehren regulären. Wenn ich 3, 4 Zeichnung[en] auf geöltem Papier aufeinander lege, so sehe ich nicht mehr deutlich, selbst das oberste nicht mehr. In der Witterung können Zirkel sein, davon 1 alle Jahr der andere alle 2 Jahre, der dritte alle 10 Jahre pp herein kömmt. Am 20ten August 1790 sahe ich auf der Chaussee einen Wagen mit Blei vorbeifahren, hinten stund ein Brett etwa 3 Fuße hinaus das gespalten war, und dessen beide Teile verschiedentlich oszillierten 5 bis 6 Sekunden schien das Brett wenig zu schwanken auf einmal fing es an zu schwanken und zu rappeln, dann lag es wieder stille, selbst unter den Schwankungen mit Getöse wären einige die mehr lärmten und länger anhielten als die übrige, sie hat wieder ihre Perioden. NB. NB.

DIE VERÄNDERUNG[EN] AUF unserer Erde haben sicherlich ihren Grund von innen, wenigstens müssen wir ihn da suchen, weil da Ursachen genug sind, die noch täglich fortdauern, von außen wir aber eigentlich noch gar nichts erlebt haben.

IN DER GABE alle Vorfälle des Lebens zu seinem und seiner Wissenschaft Vorteil zu nützen darin besteht ein großer Teil des Genies. Franklin mit den Fliegen im Madeira.

DURCH DAS PLANLOSE Umherstreifen durch die planlosen Streifzüge der Phantasie wird nicht selten das Wild aufgejagt, das die planvolle Philosophie in ihrer wohlgeordneten Haushaltung gebrauchen kann.

DEN MANN NENNE ich groß, der viel gedacht und gelesen und erfahren hat, und der alles was er gedacht gelesen und erfahren hat bei jeder Sache die er unternimmt also auch bei jedem Buch das er schreibt vereint zum besten Zweck anzuwenden weiß, alles so anschaulich darzustellen, daß jeder sehen muß was er selbst gesehen hat.

JE MEHR SICH bei Erforschung der Natur die Erfahrungen und Versuche häufen, desto schwankender werden die Theorien. Es ist aber immer gut sie nicht gleich deswegen aufzugeben. Denn jede Hypothese die gut war, dient wenigstens die Erscheinungen bis auf ihre Zeit gehörig zusammen zu denken und zu behalten. Man sollte die widersprechenden Erfahrungen besonders niederlegen, bis sie sich hinlänglich angehäuft haben um es der Mühe wert zu machen ein neues Gebäude aufzuführen.

DER WITZ IST der *Finder* (Finder) und der Verstand der Beobachter.

EINEN FINDER ZU erfinden für alle Dinge

EIN *Tubus Heuristicus.*

GLEICH AN DIE Grenzen der Wissenschaft zu gehen. Es läßt sich bald knien wo es noch fehlt.

MAN MUSS ETWAS Neues machen um etwas Neues zu sehen.

IST HIERIN EINE gänzliche Revolution möglich?

DIESE THEORIEN SIND künstliche Systeme die immer in Ermangelung eines natürlichen ihren Wert haben.

ES IST GEWISS etwas sehr Charakteristisches in dem Deutschen ein paar Erfahrungen sogleich in ein System zu ordnen, dieses tut der Engländer nicht. Nichts hindert den Fortgang der Wissenschaft mehr, wie schon Baco und hundert andere gesagt haben.

(ICH MUSS NOTWENDIG schreiben um meinen gewiß reichhaltigen Wirrwarr selbst schätzen zu lernen)

MAN MUSS IN der Welt und im Reich der Wahrheit frei untersuchen, es koste was es wolle, und sich nicht darum bekümmern, ob der Satz in eine Familie gehört, worunter einige Glieder gefährlich werden können. Die Kraft die dazu gehört kann sonst wo nützen.

EIN WITZIGER UND dabei flüchtiger Kopf lernt wenig gründlich, macht aber von dem wenigen gewiß den bestmöglichen Gebrauch, den ein minder witziger aber gründlicherer Gelehrter von dem seinigen nicht zu machen im Stande ist.

ES IST ÄUSSERST wichtig bei Widerlegungen ja nicht zu geschwind zu gehen, sondern jedes Komma umständlich auseinander zu setzen, und nicht eher zum folgenden über zu gehen bis alles in dem gegenwärtigen Schritt fast zum Überdruß dargetan ist. Nicht zu eilen. Das ist mein gewöhnlicher Fehler.

ERST EIN JAHR nach meiner großen Krankheit fing ich an auch an der linken Seite älter zu werden. Was ich darunter verstehe ist mir sehr wohl bekannt und wird an einem andern Ort ausgeführt werden.

WENN DU EIN Buch oder eine Abhandlung gelesen hast, so sorge dafür daß du es nicht umsonst gelesen haben magst; abstrahiere dir immer etwas daraus zu deiner Besserung, zu deinem Unterricht oder für deine Schriftsteller-Ökonomie.

MAN MUSS ALLES auf seines eignen Selbsts Weise und Erfahrung in der Welt verstehen lernen oder wenigstens zu verstehen suchen. Kömmt man auf Sätze die allem von den weisesten Menschen Behaupteten widersprechen, so muß man aufsuchen woran dieses liegt und sich zu bessern oder die andern zu widerlegen suchen.

JEDER MENSCH DER stocktaub ist, müßte seine Ohren der Anatomie vermachen.

ICH GLAUBE MAN lästert den Namen Christi wenn man die katholische Religion, so wie sie in Spanien und Portugal herrscht unter die christliche[n] nennt.

WENN ICH NUR einen rechten Entschluß fassen könnte gesund zu sein! valere aude statt sapere aude.

WIE IST ES am besten anzufangen die brauchbarsten Wahrheiten sich immer gegenwärtig zu machen, und ihre Summe zu vermehren. Z. E. Ich weiß eine Menge von Dingen, sie sind mir aber nicht geläufig und fallen mir beim Disputieren nicht ein. Wie ist diese Absenz zu verbessern.

ICH [HABE] MIR ein kleines Siberien für meine widerspenstigen Untertanen angelegt.

BEI VIELEN MENSCHEN ist das Verse-Machen eine Entwicklungs-Krankheit des menschlichen Geistes.

ICH HABE DIE Hypochondrie studiert, mich so recht darauf gelegt.

ICH HATTE IN meinen Universitätsjahren viel zu viel Freiheit, und leider etwas überspannte Begriffe von meinen Fähigkeiten, und schob daher immer auf, und das war mein Verderben. In den Jahren 1763 bis 1765 hätte ich müssen angehalten werden, täglich wenigstens sechs Stunden, die schwersten und ernsthaftesten Dinge zu treiben (höhere Geometrie, Mechanik und Integralrechnung), so hätte ich es weit bringen können. Auf einen Schriftsteller habe ich nie studiert, sondern bloß gelesen, was mir gefiel, und behalten, was sich meinem Gedächtnis, gleichsam ohne mein Zutun, wenigstens ohne eine bestimmte Absicht, eingedrückt hat. Weil ich aber dennoch eine gewisse Selbstbeobachtung über mich ausgeübt habe, so kann ich vielleicht in der kurzen Zeit, die ich noch zu leben habe, dadurch nützlich werden, daß ich lebhaft und mit Kraft andern sage, was sie *nicht* tun müssen.

WENN ICH DOCH Kanäle in meinem Kopfe ziehen könnte, um den inländischen Handel zwischen meinem Gedankenvorrate zu befördern! Aber da liegen sie zu Hunderten, ohne einander zu nützen.

WENN ICH EHEDEM in meinem Kopfe nach Gedanken oder Einfällen fischte, so fing ich immer etwas; jetzt kommen die Fische nicht mehr so. Sie fangen an sich auf dem Grunde zu versteinern, und ich muß sie heraushauen. Zuweilen bekomme ich sie auch nur stückweise heraus, wie die Versteinerungen vom Monte Bolca, und flicke daraus etwas zusammen.

EHEMALS ZEICHNETE MEIN Kopf (mein Gehirn) alles auf, was ich hörte und sah, jetzt schreibt er nicht mehr auf, sondern überläßt es *Mir.* Wer ist dieser *Ich?* bin ich und der Schreiber nicht einerlei?

ICH HABE, SEIT meiner Krankheit 1789, die erbarmenswürdige Fertigkeit erlangt, aus allem, was ich sehe und höre, Gift *für mich selbst,* nicht für andere zu saugen. Es ist als ob das Drüsensystem meines moralischen Wesens, wodurch bei glücklich organisierten Menschen Ruhe, Nutzen und Vergnügen aus allem gezogen wird, ganz die entgegengesetzte Form angenommen hätte, so wie wenn bei Windmühlen der Wind plötzlich von hinten kommt, und alles zerstört. Wie ist da zu helfen? Wie kann man sich gewöhnen, in allem nur das Beste zu sehen, aus allem etwas Gutes zu vermuten, immer zu hoffen und selten zu fürchten, freilich versteht sichs, auch immer so zu handeln, daß man Ursache hat, mehr zu hoffen, als zu fürchten?

WENN ICH ZUWEILEN in einem meiner alten Gedankenbücher einen guten Gedanken von mir lese, so wundere ich mich, wie er mir und meinem System so fremd hat werden können, und freue mich nun so darüber, wie über einen Gedanken eines meiner *Vorfahren.*

NICHTS SCHMERZT MICH mehr, bei allem meinem Tun und Lassen, als daß ich die Welt so ansehen muß, wie der gemeine Mann, da ich doch szientifisch weiß, daß er sie falsch ansieht.

WENN AUCH MEINE Philosophie nicht hinreicht, etwas Neues auszufinden, so hat sie doch Herz genug, das längst Geglaubte für unausgemacht zu halten.

ACH! DAS WAREN noch gute Zeiten, da ich noch alles glaubte, was ich hörte.

DAS GRÖSSTE GLÜCK in der Welt, um welches ich den Himmel täglich anflehe, ist: daß nur verständige und tugendhafte Menschen mir an Kräften und Kenntnissen überlegen sein mögen.

DIE WENIGSTEN MENSCHEN haben wohl recht über den Wert des *Nichtseins* gehörig nachgedacht. Unter Nichtsein nach dem Tode stelle ich mir den Zustand vor, in dem ich mich befand, ehe ich geboren ward. Es ist eigentlich nicht Apathie, denn die kann noch gefühlt werden, sondern es ist gar nichts. Gerate ich in diesen Zustand – wiewohl hier die Wörter *ich* und *Zustand* gar nicht mehr passen; es ist, glaube ich, etwas, das dem ewigen Leben völlig das Gleichgewicht hält. *Sein* und *Nichtsein* stehen einander, wenn von empfindenden Wesen die Rede ist, nicht entgegen, sondern *Nichtsein* und *höchste Glückseligkeit.* Ich glaube, man befindet sich gleich wohl, in welchem von beiden Zuständen man ist. Sein und *abwarten*, seiner Vernunft gemäß handeln, ist unsere Pflicht, da wir das Ganze nicht übersehen.

ICH BIN VÖLLIG überzeugt, daß der Mensch alle die Kenntnisse besitzt, die nötig sind, ihn glücklich zu machen. Aber es ist mir auch wahrscheinlich, daß diese menschliche Glückseligkeit, als solche, wenig zum Wohlsein des Ganzen beiträgt. Was der Mensch zum Wohlsein des Ganzen beiträgt, ist schwerlich seiner Willkür unterworfen. Was übersieht er davon Nützt er, selbst mit Ausübungen seiner Willkür, so ist selbst seine Willkür eine Maschine, und man streitet über Worte. Wer willkürlich zum Vorteil des Ganzen wirkt, muß das Ganze übersehen. Dieses kann der Mensch nicht, also ist hier in Absicht des Ganzen an Freiheit nicht zu gedenken. Unumschränkte Freiheit ist hier ein Widerspruch. Hat er bloß Freiheit erhalten für einen gewissen Gesichtskreis, so ist auch dieses wieder Maschinerie, und es ist immer die Freiheit eines Menschen, der das Rad eines Krans tritt. Ich glaube, da wo der Mensch sich an die große Kette anschließt, ist er nicht frei; er weiß wohl gar nicht einmal, daß er wirkt.

EIN GELÜBDE ZU tun ist eine größere Sünde, als es zu brechen.

DIE MENSCHEN NUTZEN wahrhaftig ihr Leben zu wenig; es ist also kein Wunder, daß es noch so einfältig in der Welt aussieht. Womit bringt man sein Alter hin? Mit Verteidigung von Meinungen; nicht weil man glaubt, daß sie wahr sind, sondern weil man einmal öffentlich gesagt hat, daß man sie für wahr halte. Mein Gott, wenn die Alten ihre Zeit doch lieber auf Warnung verwenden wollten! Freilich, die Menschen werden alt, aber das Geschlecht ist noch jung. Es ist wirklich ein Beweis, daß die Welt noch nicht alt ist, daß man hierin noch so zurück ist. Wenn doch die Alten mehr sagen wollten, was man vermeiden muß, und was sie hätten tun müssen, um noch größer zu werden, als sie geworden sind!

ZU ÜBERZEUGEN IST der Pöbel nicht, oder sehr selten. Durch listige Lenkung seines Aberglaubens kann er doch noch zuweilen zu guten Handlungen gebracht werden. Wir schrecken ja die Kinder, die wir nicht überzeugen können, auch mit dem schwarzen Manne und mit Schornsteinfegern. Der heilige Januarius zu Neapel ist nichts weiter. Hier ist wieder die Reihe, deren äußerste Glieder gar nicht mehr zusammen zu gehören scheinen.

DIE LEUTE, DIE niemals Zeit haben, tun am wenigsten.

IN KEINER STREITIGKEIT, deren ich mich erinnere, sind je, glaube ich, die Begriffe so verstellt worden, als in der gegenwärtigen über Freiheit und Gleichheit. Seht, ruft die eine Partei, hin nach Paris, da seht ihr die Früchtchen der Gleichheit! Und es ist betrübt, zu sehen, daß sogar berühmte Schriftsteller in diesen Ton mit einstimmen. Eben so könnte ich rufen: ihr, die ihr ein so großes Glück im Umgange mit dem andern Geschlecht und in der Liebe findet, seht dort die Hospitäler der Nasenlosen! oder ihr, die ihr von dem Labsal sprecht, das euch beim Genuß der Freundschaft der Wein gewährt, seht dort die Trunkenbolde in den Klauen der Schwindsucht im Kreise verhungernder Kinder langsam dahin sterben! Ihr Toren, möchte ich sagen, so lernt uns doch verstehen! O ich glaube auch, ihr verstellt uns nur allzu wohl, ihr deraisonniert nur deswegen so, weil ihr fürchtet, die Welt möchte uns verstehen. Die Gleichheit, die wir verlangen, ist der erträglichste Grad von Ungleichheit. So vielerlei Arten von Gleichheit es gibt, worunter es fürchterliche gibt, eben so gibt es verschiedene Grade der Ungleichheit, und darunter welche, die eben so fürchterlich sind. Von beiden Seiten ist Verderben. Ich bin daher überzeugt, daß die Vernünftigen beider Parteien nicht so weit von einander liegen, als man glaubt; und daß die Gleichheit der einen Partei, und die Ungleichheit der andern wohl gar am Ende dieselbigen Dinge mit verschiedenen Namen sein könnten. Allein was hilft da alles Philosophieren? Dieses Mittel muß erkämpft werden, und wird die Übermacht von einer Partei zu groß, zumal wenn der Mutwille der andern unbändig war, so kann es auch sehr viel schlimmer werden. Es ist aber nur zu befürchten, daß jene mittlere Gleichheit oder Ungleichheit (wie man will) von beiden Parteien gleich stark verabscheut wird. Sie muß also wohl mit Gewalt eingeführt werden; und da ist es denn dem Einführenden nicht zu verdenken, wenn er sich einen etwas starken Ausschlag gibt. Hierin liegt überhaupt ein allgemeiner Grund von der Seltenheit guter *Mittelzustände*.

DAS TRAURIGSTE, WAS die französische Revolution für uns bewirkt hat, ist unstreitig das, daß man jede vernünftige und von Gott und Rechts wegen zu verlangende Forderung, als einen Keim von Empörung ansehen wird.

ES KOMMT NICHT darauf an, ob die Sonne in eines Monarchen Staaten nicht untergeht, wie sich Spanien ehedem rühmte; sondern was sie während ihres Laufes in diesen Staaten zu sehen bekommt.

MAN SPRICHT VIEL von guten Königen, die doch im Grunde nichts weniger waren, als gute Könige, aber gute Leute. Es ist dieses eine höchst ungereimte Verwirrung der Begriffe. Man kann ein sehr guter Mann und doch kein guter König sein, so gut als man ein ehrlicher Mann und dabei kein guter Bereiter sein kann. Dies ist wahrhaftig der Fall mit Ludwig XVI. Was halfen seine guten Gesinnungen? Dadurch konnte sein Volk unmöglich glücklich werden. Man sagt nicht, daß er nicht vergleichungsweise gut gewesen sei. Er war gewiß sehr viel besser, als manche seiner Vorgänger.

SONST SUCHT MAN bei Bekehrungen die Meinung wegzuschaffen, ohne den Kopf anzutasten; in Frankreich verfährt man jetzt kürzer: man nimmt die Meinung mitsamt dem Kopf weg.

WENN HEIRATEN FRIEDEN stiften können, so sollte man den Großen die Vielweiberei erlauben.

SO LANGE DAS Gedächtnis dauert, arbeiten eine Menge Menschen in Einem vereint zusammen, der zwanzigjährige, der dreißigjährige usw. Sobald aber dieses fehlt, so fängt man immer mehr und mehr an, allein zu stehen, und die ganze Generation von *Ichs* zieht sich zurück und lächelt über den alten Hülflosen. Dieses spürte ich sehr stark im August 1795.

WAS DEM RUHM und der Unsterblichkeit manches Schriftstellers ein größeres Hindernis in den Weg legt, als der Neid und die Bosheit aller kritischen Journale und Zeitungen zusammengenommen, ist der fatale Umstand, daß sie ihre Werke auf einen Stoff müssen drucken lassen, der zugleich auch zu Gewürzduten gebraucht werden kann.

EINE SELTSAMERE WARE, als *Bücher*, gibt es wohl schwerlich in der Welt. Von Leuten gedruckt, die sie nicht verstehen; von Leuten verkauft, die sie nicht verstehen; gebunden, rezensiert und gelesen von Leuten, die sie nicht verstehen; und nun gar geschrieben von Leuten, die sie nicht verstehen.

ICH GLAUBE, DASS man selbst bei abnehmendem Gedächtnis und sinkender Geisteskraft überhaupt noch immer gut schreiben kann, wenn man nur nicht zu viel auf den Augenblick ankommen läßt, sondern bei seiner Lektüre oder seinen Meditationen immer niederschreibt, zu künftigem Gebrauch. Auch der abgelebteste Mann hat Augenblicke, wo er, durch Umstände so gut wie durch Wein angespornt, sieht, was kein anderer gesehen. Dieses muß gehörig aufgesammelt werden. Denn das, was der Augenblick der Ausarbeitung zu geben vermag, gibt er doch. So sind gewiß alle großen Schriftsteller verfahren.

ES GIBT KEIN größeres Hindernis des Fortgangs in den Wissenschaften, als das Verlangen, den Erfolg davon, zu früh verspüren zu wollen. Dieses ist munteren Charakteren sehr eigen; darum leisten sie auch selten viel; denn sie lassen nach und werden niedergeschlagen, sobald sie merken, daß sie nicht fortrücken. Sie würden aber fortgerückt sein, wenn sie geringe Kraft mit vieler Zeit gebraucht hätten.

ES SCHADET BEI manchen Untersuchungen nicht, sie erst bei einem Räuschchen durchzudenken und dabei aufzuschreiben; hernach aber alles bei kaltem Blute und ruhiger Überlegung zu vollenden. Eine kleine Erhebung durch Wein ist den Sprüngen der Erfindung und dem Ausdruck günstig; der Ordnung und Planmäßigkeit aber bloß die ruhige Vernunft.

ICH GLAUBE, MAN treibt in unsern Tagen die Geschichte der Wissenschaften zu minutiös, zum großen Nachteil der Wissenschaft selbst. Man liest es gerne, aber wahrlich es läßt den Kopf zwar nicht leer, aber ohne eigentliche Kraft; eben weil es ihn so voll macht. Wer je den Trieb in sich gefühlt hat, seinen Kopf nicht anzufüllen, sondern zu stärken, die Kräfte und Anlagen zu entwickeln, sich auszubreiten, der wird gefunden haben, daß es nichts Kraftloseres gibt, als die Unterredung mit einem so genannten Literator in der Wissenschaft, in der er nicht selbst gedacht hat, aber tausend historisch-literarische Umständchen weiß. Es ist fast als wie Vorlesung aus einem Kochbuch, wenn man hungert. Ich glaube auch, daß unter denkenden, ihren eigenen und der eigentlichen Wissenschaft Wert fühlenden Menschen die so genannte Literärgeschichte nie ihr Glück machen wird. Diese Menschen räsonieren mehr, als sie sich darum bekümmern, zu wissen, wie andere Menschen räsoniert haben. Was das Traurigste bei der Sache ist, so findet man, daß, so wie die Neigung an literärischen Untersuchungen in einer Wissenschaft wächst, die Kraft zur Erweiterung der Wissenschaft selbst abnimmt, allein der Stolz auf den Besitz der Wissenschaft zunimmt. Solche Leute glauben sich mehr im Besitz der Wissenschaft selbst zu sein, als die eigentlichen Besitzer. Es ist gewiß eine sehr gegründete Bemerkung, daß wahre Wissenschaft ihren Besitzer nie stolz macht, sondern bloß die von Stolz sich aufblähen läßt, die aus Unfähigkeit, die Wissenschaft selbst zu erweitern, sich mit Aufklärung ihrer dunkeln Geschichte abgeben, oder alles herzuerzählen wissen, was andere getan haben, weil sie diese größtenteils mechanische Beschäftigung für Übung der Wissenschaft selbst halten. Ich könnte dieses mit Exempeln belegen, aber das sind odiöse Dinge.

VIELE SOGENANNTE BERÜHMTE Schriftsteller, in Deutschland wenigstens, sind sehr wenig bedeutende Menschen in Gesellschaft. Es sind bloß ihre Bücher, die Achtung verdienen, nicht sie selbst. Denn sie *sind* meistens sehr wenig *wirklich*. Sie müssen sich immer erst durch Nachschlagen zu etwas machen, und dann ist es immer wieder das Papier, das sie geschrieben haben. Sie sind elende Ratgeber und seichte Lehrer dem, der sie befragt.

HOCHZEITEN GEHÖREN UNTER die Fleischspeisen, da sie in den Fasten verboten sind.

MAN MACHT JETZT so junge Doktoren, daß Doktor und Magister fast zur Würde der Taufnamen gediehen sind. Auch bekommen die, denen diese Würden erteilt werden, sie oft wie die Taufnamen, ohne zu wissen wie.

MAN SOLLTE, WENN man die Titel ansieht, wie sie ihren Wert verlieren, fast glauben, es wäre mehr Ehre in die Welt gekommen; so wie der Wert des Geldes fällt, wenn des Goldes zu viel wird.

WÄHREND MAN ÜBER geheime Sünden öffentlich schreibt, habe ich mir vorgenommen, über öffentliche Sünden heimlich zu schreiben.

Guter Rat.

A) SAGEN SIE MIR, soll ich heiraten oder nicht?
B) Ich dächte, Sie machten es wie Ihre Frau Mutter, und heirateten in Ihrem Leben nicht.

JETZT SUCHT MAN überall Weisheit auszubreiten, wer weiß, ob es nicht in ein paar hundert Jahren Universitäten gibt, die alte Unwissenheit wieder herzustellen.

WÄRE ES NICHT gut, die Theologie etwa mit dem Jahre 1800 für geschlossen anzunehmen und den Theologen zu verbieten, fernere Entdeckungen zu machen?

WIR VON GOTTES Ungnaden Taglöhner, Leibeigen[e], Neger, Fronknechte etc.

WAS MAN VON dem Vorteile und Schaden der *Aufklärung* sagt, ließe sich gewiß gut in einer Fabel vom Feuer darstellen. Es ist die Seele der unorganischen Natur, sein mäßiger Gebrauch macht uns das Leben angenehm, es erwärmt unsere Winter und erleuchtet unsere Nächte. Aber das müssen Lichter und Fackeln sein, die Straßenerleuchtung durch angezündete Häuser ist eine sehr böse Erleuchtung. Auch muß man Kinder nicht damit spielen lassen.

ICH HABE MIR die Zeitungen vom vorigen Jahre binden lassen, es ist unbeschreiblich, was für eine Lektüre dieses ist: 50 Teile falsche Hoffnung, 47 Teile falsche Prophezeiung und 3 Teile Wahrheit. Diese Lektüre hat bei mir die Zeitungen von diesem Jahre sehr herabgesetzt, denn ich denke: was diese sind, das waren jene auch.

A. SIE SIND ja so fett geworden. B. Fett? A. Sie sind noch einmal so dick als sonst. B. Das ist die Arbeit der ermüdeten Natur, die nicht mehr Kraft hat etwas anders zu machen als *Fett*, das man allenfalls, ohne der Menschheit damit zu nahe zu treten, wegschneiden kann. Fett, Fett ist weder Geist noch Körper, sondern bloß, was die müde Natur liegen läßt, für mich so gut wie für das Gras auf dem Kirchhofe. (in der Dämmerung geschrieben)

GROSSE EROBERER WERDEN immer angestaunt werden, und die Universalhistorie wird ihre Perioden nach ihnen zuschneiden. Das ist traurig, es liegt aber in der menschlichen Natur. Gegen den großen und starken Körper selbst eines Dummkopfs, wird immer der kleine des größesten Geistes, und sonach der große Geist selbst verächtlich erscheinen, wenigstens für den größesten Teil der Welt, und das so lange Menschen Menschen sind. Den großen Geist im kleinen Körper vorzuziehn ist Überlegung, und zu *der* erheben sich die wenigsten Menschen. Bei einem Viehmarkt sind immer die Augen auf den größesten und fettesten Ochsen gerichtet.

ER HATTE EINE Privat-Kannengießerei, nämlich eine politische in einem kleinen Saale auf einem Hintergebäude angelegt, wo man wöchentlich 2mal zusammen kam und die Zeitung las.

EINE SEELEN-SCHOKOLADE, deren Gebrauch zum ewigen Leben führt.

IN EINEM LANDE N. N. müssen bei einem Kriege der Regent so wohl als seine Räte solange der Krieg währt über einer Pulvertonne schlafen und zwar in besondern Zimmern des Schlosses, wo jedermann frei hinsehn kann um zu beurteilen, ob das Nachtlicht auch jedesmal brennt. Die Tonne ist nicht allein mit dem Siegel der Volks-Deputierten versiegelt sondern auch mit Riemen an den Fußboden befestigt die wieder gehörig versiegelt sind. Alle Abend und alle Morgen werden die Siegel untersucht. Man sagt daß seit der Zeit die Kriege in jenen Gegenden ganz aufgehört hätten.

ICH WERDE TAGTÄGLICH mehr überzeugt daß mein Nerven-Übel von meiner Einsamkeit sehr unterhalten wird, wo nicht gar hervorgebracht worden ist. Ich finde fast gar keine Unterhaltung mehr, als durch meinen eignen Kopf, der immer beschäftigt ist, da nun meine Nerven nie die stärksten gewesen sind, so muß notwendig dadurch eine Ermüdung entstehn. Ich merke dieses sehr wohl, daß mich Gesellschaft aufheitert. Ich vergesse mich, oder vielmehr mein Kopf empfängt anstatt zu schaffen und ruht daher. Daher ist auch das Lesen schon eine Erholung für mich, allein es ist doch nicht das, was die Gesellschaft ist, weil ich das Buch immer weglege und wieder für mich handle.

ICH GLAUBE ES ist ein großer Fehler, dessen sich die Natur-Geschicht-Schreiber des Skribenten-Reichs schuldig machen, daß sie in ihren Journalen und Zeitungen nicht bloß den Charakter der Gattungen und Arten der Schriftsteller angeben, sondern sich zugleich herausnehmen über den Wert dieser Geschöpfe zu urteilen. Ich glaube, wenn dieses nicht Vermessenheit ist, so verrät es wenigstens philosophischen Blödsinn, und Mangel an hohem Überblick. Linné sagt: die Wanze riecht nicht sonderlich, und das ist wahr: aber er sagt nicht, die Wanze hätte zu Hause bleiben können, wir hätten der stinkenden Tiere schon genug. Wie unsere Rezensenten sagen usw.

DIESES IST EINER von den sogenannten *geflügelten* Sprüchen die sich aber leider, anstatt umher zu fliegen, über die Wolken erhoben haben.

So geht es mit fliegenden Dingen. Man sollte sie anzubinden wissen oder lernen.

SIND WIR NICHT auch ein Weltgebäude, so gut als der Sternenhimmel und eines das wir besser kennen sollten, und besser kennen könnten, sollte man denken, als das dort oben.

SOLLTE WOHL DIE Vernunft, oder vielleicht besser der Verstand, wenn er auf Endursachen gerät, besser daran sein als wenn er auf ein Diktat des Herzens gerät. Es ist ja noch eine große Frage wodurch wir am stärksten mit der uns umgebenden Welt verbunden sind, von Seiten des Herzens oder der Vernunft.

ICH GLAUBE MAN hätte nicht sowohl auf wissenschaftliche Polizei als Polizei der Wissenschaften zu denken. Die Astronomie wird übertrieben. Hier müßte Halt gemacht werden. Die Meteorologie müßte mit der Astronomie verbunden werden, so wie Geographie und Nautik.

Nachwort

Im Jahre 1764, während seines Studiums, begann der junge Georg Christoph Lichtenberg, seine zahlreichen ungeordneten Einfälle aufzuzeichnen. Es waren meist bloß Gedankenfetzen, Initialzündungen des Gehirns, die selten mehr als einige Zeilen in den von da an regelmäßig geführten Merkbüchern einnahmen. An eine Veröffentlichung dachte er dabei nicht, sie begann auch erst nach seinem Tod – vermutlich wäre dies sogar gegen seinen Willen gewesen. Ohne daß also die Zeitgenossen davon erfahren konnten, füllte Lichtenberg nach und nach viele hundert Manuskriptseiten mit Beobachtungen, Gedankensplittern und Plänen zu größeren Schriften. Zu Zeiten führte er zusätzlich ein gewöhnlicheres Tagebuch, wie es andere Leute auch taten, aber die Merkbücher standen doch immer im Mittelpunkt der Chronistensicht seiner selbst. Er fand Gefallen daran und ging über die Jahre immer gründlicher und aufmerksamer vor; das als gelegentliches beiläufiges Notieren begonnene Verfahren bekam im Laufe der Zeit Methode und wurde zur festen Gewohnheit.

Lichtenberg nannte seine Aufzeichnungen *Sudelbücher.* Diesen Namen wählte er, weil er seine vorläufigen Gedankensplitter als Kladdeneinträge größerer Zusammenhänge sah:

»Die Kaufleute haben ihr Waste book (Sudelbuch, Klitterbuch glaube ich im Deutschen), darin tragen sie von Tag zu Tag alles ein was sie verkaufen und kaufen, alles durch einander ohne Ordnung, aus diesem wird es in das Journal getragen, wo alles mehr systematisch steht, und endlich kommt es in den Leidger at double entrance nach der italiänischen Art buchzuhalten. [...] Dieses verdient von den Gelehrten nachgeahmt zu werden. Erst ein Buch worin ich alles einschreibe, so wie ich es sehe oder wie es mir meine Gedanken eingeben, alsdann kann dieses wieder in ein anderes getragen werden, wo die Materien mehr abgesondert und geordnet sind, und der Leidger könnte dann die Verbindung und die daraus fließende Erläuterung der Sache in einem ordentlichen Ausdruck enthalten [...]«

Wie kontinuierlich und breit gestreut Lichtenberg seine Einfälle dokumentierte, blieb auch nachfolgenden Generationen lange unbekannt. Zwar haben schon die Herausgeber der ersten Werkausgabe 1800 kleine Gruppen derartiger Notizen veröffentlicht, doch wurden die Manuskripte – mit Rücksicht auf den jüngst Verstorbenen und seine noch lebenden Zeitgenossen – vorerst nicht systematisch publiziert. Die gerieten sogar in Vergessenheit und wurden erst gegen Ende des 19. Jahrhunderts erneut gesichtet. Die Wiederauffindung der Bücher in Lichtenbergs Nachlaß, ihr Zustand sowie die Probleme ihrer Ordnung und der aller losen Blätter, die ebenfalls im Nachlaß erhalten geblieben waren, beschreibt ausführlich Albert Leitzmann (in seinem Vorwort zu: Aus Lichtenbergs Nachlaß. Aufsätze, Gedichte, Tagebuchblätter, Briefe. Zur hundertsten Wiederkehr seines Todestages. Weimar 1899, S. V-XXII.) Die *Sudelbücher* bestehen aus festgebundenen Manuskriptbüchern (das erste ausgenommen, das fünf lose dünne Hefte umfaßt), die der Verfasser ab dem dritten mit Buchstaben bezeichnet hat. Diese Bezeichnung wird heute jedoch nicht nur für C und die folgenden benutzt, man hat die beiden älteren Manuskriptteile aus systematischen Gründen rückergänzend mit A und B bezeichnet. Lichtenberg gab einigen seiner *Sudelbücher* zusätzlich eigene Titel. Nicht alle *Sudelbücher* haben die Jahrhunderte überdauert; G, H und K sind im Laufe der Überlieferung ganz oder teilweise verschollen.

Die Zeiträume, während derer Lichtenberg die einzelnen Merkbücher benutzt hat, sind recht genau einzugrenzen (abgesehen von gelegentlichen Nachträgen, die außerhalb des schwerpunktmäßigen Benutzungszeitraumes geschahen). Die folgende Liste gibt einen Überblick über Namen, Entstehungszeitraum und Überlieferungsstand der Handschriften:

A	1764–1768
B	Juni 1768–Dezember 1770
KA	(Keras Amaltheias) 1765–1771
C	September 1772–August 1773
D	August 1773–Juni 1775 (Annotationes et Collectanea philosophica et physica)
E	Juli 1775–April 1776
F	April 1776–Januar 1779
G	nicht erhalten
H	nicht erhalten
J	Januar 1789–April 1793
K	nur Teile erhalten 1793–1796
L	Oktober 1796–Februar 1799 (Physikalische und philosophische Bemerkungen (1796-1799)

Einerseits hat es über 150 Jahre gedauert, bis das Textkonvolut aus Lichtenbergs Nachlaß annähernd vollständig herausgegeben war. Andererseits wurde der Verfasser schon bedeutend früher bekannt und berühmt, als man Umfang, Gehalt und Bedeutung seiner *Sudelbücher* noch gar nicht richtig abschätzen konnte. Lichtenberg gilt als Begründer der aphoristischen Gattung in Deutschland. Er selbst konnte davon noch nichts wissen, denn er hat nie absichtlich und erklärtermaßen Aphorismen geschrieben, den Begriff gab es zu der Zeit auch noch gar nicht in der deutschen Literaturlandschaft. Lichtenberg nannte sie auch nicht zeittypisch ›Einfälle‹ oder ›Sinnsprüche‹, sondern hat seine kleinen Notizen, geschaffen für den eigenen Gebrauch, für ›waste‹ erklärt. Er betrachtete sie als vorläufiges Abbild seines unkontrolliert denkenden ›Ich‹, sein Ziel war, sich in ihnen selbst kennen zu lernen. Er wollte nur die Gedankensplitter sammeln, die er sonst sofort wieder vergessen hätte. Die Notizen bilden nichts als eine lockere, zusammengewürfelte Reihe, die erst durch ihren Zusammenhang zu einer Art Spiegel des Geistes werden.

Was die späteren Liebhaber des Aphorismus daran schätzten und auch weiterhin schätzen werden, ist gerade die Sprunghaftigkeit der Ideen, gepaart mit einer Ausdruckskraft, die den geborenen Sprachmeister verrät. Dabei zielte Lichtenberg keineswegs auf gekünstelte Merksätze, er wollte mit seinen höchst privaten Notaten ja niemanden beeindrucken. Vielmehr bemühte er sich, für jeden seiner Gedanken bloß den treffenden Ausdruck zu finden: »Ein guter Ausdruck ist soviel wert als ein guter Gedanke«.

Wenn im Laufe der Literaturgeschichte erstmals einer auftaucht, der sich selbst chronologisch beobachtet, um darüber nicht etwa eine Autobiographie zu verfassen – wie es die Pietisten im frühen 18. Jahrhundert eingeführt hatten –, sondern um ein kaleidoskopartiges Mosaik seines Geistes zu hinterlassen, dann wirft das Fragen nach seiner Motivation auf. Vor allem wenn darin Brüche und Widersprüche, Fragen ohne Antworten, Ketzerisches (das man offen gar nicht sagen oder schreiben darf) enthalten sind, ist dies im Vergleich zu den zurückhaltender schreibenden Zeitgenossen schwer einzuschätzen. Soll man es als Abbild einer zu komplexen Gedankenwelt verstehen, die sich bereits der vereinheitlichenden Deutung entzieht? Als ein Problem der Grenzen und des fehlenden Zusammenhalts des Subjekts also? Handelt es sich vielleicht nur um ein Problem der Denkdisziplin und des mangelnden Fleißes? Oder herrscht hier eine ungebührliche Freude am Widersprüchlichen und Spielerischen, die immanent den Systemdrang des Zeitalters verspottet und mutwillig die Synthese sprengt?

Einen Hypochonder hat man Lichtenberg genannt und einen Fluchtpunkt für seine *Sudelbücher* in der ängstlichen Selbstbeobachtung ohne weitergehende Reflexions- und Dokumentationsabsichten zu finden geglaubt. Nur der eingebildete Kranke könne so etwas niederschreiben. Diese Sichtweise der Lichtenbergschen Notizbücher hat Akzente gesetzt, die bis in die Moderne manchem Impulse verliehen; so Schopenhauer und Nietzsche, Tucholsky und Thomas Mann, Canetti und Heißenbüttel. Lichtenberg galt nun als derjenige, der nie ein Werk vollendete, der im Unbedeutenden glänzte. Ein, wie Ernst Bloch meinte, Denker des »Nebenbei«, dessen Gedanken nur für Leute taugen, die »sonst keine Sorgen haben«. So wurde der weiland Professor der Physik zum Prototyp für den scheiternden Schriftsteller, in dem ästhetisierende Außenseiter vielfach ihr Vorbild finden.

Doch Lichtenberg war kein Hypochonder, sondern ein schwer kranker Mann; kein »malade imaginaire«, sondern ein wirklich Moribunder, der dem Tod manch ein Jahr seines ohnehin nicht langen Lebens abgetrotzt hat. Dafür gibt es Berge von Belegen: Horst Gravenkamp hat sie gesammelt, sie im Kontext der Medizin des 18. Jahrhunderts ausgewertet und im Lichte der modernen Medizin interpretiert. Das Ergebnis, das er in seinem Buch »Geschichte eines elenden Körpers« publiziert hat, bietet folgende Diagnose des Patienten Lichtenberg: er litt an Skoliose, wodurch er klein und bucklig blieb und Schäden an Herz, Lunge und den Atemwegen zurückbehielt. Die Ärzte geben solchen Patienten eine Lebenserwartung von rund 50 Jahren – Lichtenberg wurde immerhin 57. Und er schonte sich nicht: er machte Fußreisen im Kurfürstentum Hannover, später von London aus in den Norden Englands, er hielt regelmäßig Vorlesungen ab, keuchend, mit schwacher Stimme, manchmal tatsächlich erschöpft bis zum Umfallen; täglich rund sechs Stunden, an sechs Tagen in der Woche – und Semesterferien waren im 18. Jahrhundert kurz und die Feiertage selten. Klingt das vielleicht nach Hypochondrie? Im Gegenteil: das läßt auf einen eisernen Willen schließen, der vor keiner Aufgabe zurückschreckt.

Und so scheint es heute gerechter, wenn man Lichtenberg nicht zum Vorbild all jener stilisiert, die nie etwas fertigbekommen haben, sondern als extrem produktiven Kopf, der in den *Sudelbüchern* die

Keimzellen seiner Gedanken und zugleich den Überschuß, die Überproduktion dokumentiert. Er liefert damit ein bemerkenswertes Protokoll der Selbstbeobachtung und zugleich reichliches Material zur Erforschung von Bewußtseinsbildungsprozessen bei Gelehrten des 18. Jahrhunderts. Von traditionellen Gelehrten allerdings unterscheidet sich Lichtenberg genau dadurch, daß er die systematisch nicht integrierbaren Einfälle sowie die persönlichen Regungen ebenfalls berücksichtigt. Ein Albrecht von Haller oder Abraham Gotthelf Kästner hätten derartige Inhalte wenige Jahrzehnte zuvor noch unterdrückt, weil sie der allgemeinen Ansicht folgten, daß abweichende Meinungen und Privatsachen auf keinen Fall in die Öffentlichkeit gelangen durften. Lichtenberg aber vertrat, auch wenn er nicht im Traum daran dachte, seine Merkbuchnotizen zu veröffentlichen, bereits ein anderes Bild vom Menschen: für ihn gehörten Lehre und Forschung, Zweifel und Wankelmut, Persönliches und sogar Intimes zum Selbstentwurf dazu. Deshalb schaffte er es auch nicht mehr, die Oberfläche eines untadeligen Gelehrtenlebens zu simulieren, sondern errang eben auch viele Sympathien durch unkonventionelles Auftreten und Schreiben.

Zeittafel

1.7.1742	Georg Christoph als Sohn des Pfarrers Johann Conrad Lichtenberg und seiner Frau Henriette Chatarina in Ober-Ramstadt geboren
1745	Die Familie zieht in die Residenz Darmstadt
1750	Besuch der Stadtschule
1752	Eintritt ins Darmstädtische Gymnasium ›Pädagogium‹
1758–1761	Abitur und anschließender Besuch der ›Selecta‹ zur Vorbereitung auf das Studium
1763	Stipendium durch den Landgrafen von Hessen-Darmstadt; Studienbeginn an der Universität Göttingen in den Fächern Mathematik und Physik
1764/65	Beginn der Einträge in die *Sudelbücher*
1766	Erste gedruckte Publikation: *Von dem Nutzen, den die Mathematik einem Bel Esprit bringen kann* im *Hannöverschen Magazin*
1767	Beendigung des Studiums, Hofmeister bei englischen Studenten
April–Mai 1770	Erste Reise über Holland nach England
22.4.1770	Begegnung mit dem König von England, Georg III. auf dessen Sternwarte in Richmond (»der glücklichste Tag meines Lebens«)
1770	Außerordentlicher Professor an der Universität Göttingen; Lehrveranstaltungen vorerst nur privatissime
1772/73	Reise nach Hannover, Osnabrück und Stade zu Vermessungszwecken im Auftrag der Regierung
1774	Außerordentliches Mitglied der Königlichen Sozietät der Wissenschaften (spätere Akademie) in Göttingen
Sommer 1774 bis 31.12.1775	Zweite Englandreise

1775	In Abwesenheit Ernennung zum ordentlichen Professor
1776	Erste öffentliche Vorlesung im Sommersemester
1777	Erste Beiträge zum *Deutschen Museum*
1777	Erste Begegnung mit der zwölfjährigen Maria Dorothea Stechard
1778	Übernahme der Redaktion des *Göttinger Taschenkalenders* (gegründet 1776 von Erxleben)
1778	Verleihung des Magistertitels
1778	Erste Vorlesung in Experimentalphysik
1779	Ordentliches Mitglied der Sozietät der Wissenschaften
1779	Übernahme der Redaktion des *Göttingischen Magazins für Wissenschaft und Literatur* gemeinsam mit Georg Forster
4.8.1782	Tod der ›Stechardin‹
1783	Verhältnis mit Margarethe Elisabeth Kellner
1784	Die geplante Italienreise kommt nicht zustande
1784	Die erste von Lichtenberg herausgegebene und kommentierte (insgesamt die dritte) Auflage des ›Erxleben‹ erscheint
1785	Die geplante Werkausgabe *Vermischte Schriften* wird nicht gedruckt
1786	Sohn Georg Christoph geboren
1787	Sohn Christian Friedrich geboren
1788	Ernennung zum Hofrat des Kurfürstentums Hannover
1789	Tochter Christine Louise Friederica geboren
5.10.1789	Beginn der ›großen Krankheit‹; Eheschließung mit Margarethe Elisabeth Kellner
1789	Beginn des geheimen Tagebuchs *Staatskalender*
1791	Sohn Wilhelm Christian Thomas geboren

1793	Tochter Margarethe Elisabeth Agnese Wilhelmine geboren
1793	Mitglied in der Royal Society, London
1794	Die Erklärung der Hogarthischen Kupferstiche beginnt zu erscheinen
1795	Tochter Auguste Friederike Henriette geboren
1795	Ablehnung eines Rufes an die Universität Leiden
1797	Sohn Friedrich Heinrich geboren
24.2.1799	Tod Lichtenbergs
1800	Der erste Band der *Vermischten Schriften* wird von Ludwig Christian Lichtenberg und Friedrich Kries herausgegeben